花魁猫

―白雪太夫物語―

せきかず◉著

アトリエサード

立体作品／デザイン：せきかず、本体制作：中外陶園
表紙側写真：板東寛司

目次

一の巻「ゆきと又吉」……7

二の巻「しらゆき」……47

三の巻「ゆきのじょう」……75

四の巻「白雪太夫と雪之丞」……93

五の巻「ゆきと又吉、ふたたび」……115

どこかで咲いている猫柳のように……中倉美樹 132

あとがき……せきかず 134

イラストギャラリー……137

せきかずの独り言！　白雪太夫が出来るまで。……155

花魁猫　白雪太夫物語

一の巻「ゆきと又吉」

折り重なるように走り回る子猫たちの姿。

色とりどりの丸くなった真綿が風に吹かれ転がっていくように
走り回る子猫たちの姿は、その粗末な野良着でさえも輝いて見える。

山間の谷間に甲高い嬌声と共に子猫たちの明るい笑い声が幾重にもこだましてゆきました。

遠い昔　これは「ゆき」と名付けられた猫の物語《おはなし》です。

雪の日に生まれたこの子は、雪の申し子のように美しい毛色をしていました。

そこは雪深き里。周りをぐるりと山に囲まれた信州の名も知られぬ貧しい猫たちの村。

冬の間は雪で峠の道も閉ざされて、近隣の村との行き来も難しいほどの山の中。

こんな場所にも猫たちの営みはありました。

山に住む猫たちは、雪のない時期にはせっせと畑を耕し、谷地の猫の額ほどの耕地に頼って生きていました。

狭い耕地で取れるものは、殆どが年貢に持っていかれてしまい、郷猫《さとねこ》たちは山の恵みの僅かな食べ物で長い冬を越すのでした。

猫たちはひもじい思いで雪に閉ざされた郷《さと》の家の中、部屋の隅の小さな寝床で体を丸め　ひげと風音に耳を少し動かすだけで外の気配を感じ取り　必ず来る春を待ち望んでいました。

冬の終わるのが遅れれば貯えの食べ物も底をついてしまいます。

蓄えは少なくなり子猫たちの食事の量は徐々に減らされていきました。

そもそもが、郷に生きていける猫の数には限りがあります。大勢の猫が暮らせるほどの恵みはこの郷にはありません。

冬を越すのは天気次第の掛け値なしの命がけなのです。

だから生きる為の悲しい決断が、愛する子猫たちにひもじさを強いる事でした。

そして長く厳しい冬が終わり、ついに皆が待ち望んだ春がやってきました。

丸めた体に張り付いていたような髭が温かい日差しを感じ取ったようです。

温みを感じる日差しに、春の恵みである猫柳が、雪の溶けかけた川土手に芽をだし、流れ始めた雪解け水のせせらぎがキラキラ光りはじめました。

この山の中の里にもやっと春がやって来たのです。

長く厳しい冬の空気をこの美しい春の景色と光がその全てを変えてくれました。

雪が消え黒い地面が顔を見せると、親猫たちは野良の仕事に、子猫たちは広い外の世界を駆けまわるために一斉に外に飛び出していきました。

どうやら小さな猫たちは、思い思いに冬の家中ではできなかった遊びに没頭しているようです。

ふと誰かが、猫柳の枝を折り　手にすると、皆が同じようのその枝を手に駆け回りだします。

冬の間決して出来なかったことをすべてやってしまおうとばかりに、子猫たちは忙しく遊びます。

その間、大人の猫たちは、ようやく顔を見せた畑の土の硬い凍みた大地にせっせと鍬を入れ、手にうっすら汗します。

すべての雪が消えたら、短い夏が来るまでに年貢を賄う作物を育てねばならないので、手を休めるわけにはいきません。

猫の手も借りたいが、自分たちが猫なのでこれ以上どうしようもありません。

「子供らは無邪気なものよのぅ」

野良仕事をする大人猫たちがそう言って微笑むのも、春の陽気のおかげでしょう。どこか心も広くなり畑の手伝いをしない子供たちにも今日ばかりは小言は出ません。

「子供たちは、外に出られるのが楽しくて仕方ないのじゃろ。うちら大人猫たちは大人猫で、外に出られれば、こうして畑を耕せるありがたさを噛み締められる。狭い土地でも、作物が取れねば生きていけねえ、春がすべての始まりなんじゃ」

年老いた猫が鋤の手を休めず地面を見たまま言いました。

「そうだな、じっさまの言うとおりだ。せっせと畑を作らねば生きていけねえ。いや、いくら作っても足りねえんだがな。だから、少しでも金になるならなんでもせななならん」

ある子猫の親でもある猫がそう言って暗い顔をしました。

他の大人猫が何かに気付いて、その背に低い声で声をかけました。

「おめさんの家、確か下の娘子が今年数えで……」

声をかけられた親猫は、こくりと頷きました。

「上の娘が逝ってしまったからのう、あの子ではどうかと、昨日　峠向こうの宿場町の口利きに頼みに行った」

その言葉に、まわりで畑を耕していた猫たちの手が一瞬止まりました。

「やっぱり、庄屋が種もみの値段を上げたからか」

暗い顔の親猫は黙って頷いてみせた。

「どうあっても逆らえねえのが庄屋だ。仕方ねえことなんだ。家族が揃って暮らせるなんてのは、夢の話だ」

年老いた猫が、力なくそう言うと再び鋤を動かし始めました。

どの家も生きるのは大変だから、よその家の事情がどうであれ、まずは何より畑の土をほぐさねば、何も始まらない。

大人猫たちは黙々と農作業を続けました。

その汗流す手に、走り回っている子らの声が時折かぶさります。

大人たちは忙しさにかまけ気付いてない素振りでありましたが、子供たちにも郷の大人たちの力関係は及んでいるのでした。

小作の子供らは、庄屋の子に逆らえない、幼い子猫たちも教え込まれるでもなく理解しているのです。子猫なりに賢く生きねば生きにくい。小さな郷でも、そんな関係はあるのでした。

なるほど、よく見てみれば、嬌声をあげ先頭をひときわ元気よく走っているのは庄屋の倅《せがれ》の金蔵でした。曲がった尾を持つ小生意気な子猫です。

その金蔵に引き連れられて男の子猫たちが勢いよく数匹駆けていき、その声が郷を先ほどから賑わせているのでした。

ですが、その様子をよく見てみると、郷の総ての子が金蔵の子分というわけでないようです。

今駆けまわっているのは子供たちのうちの半分ほどだけ。

貧しいなりにも、金蔵の横暴な態度に反発する子もおり、そんな子供らはひっそり目立たぬ場所で数匹で出来る簡単な遊びや、郷中を一人遊びなどして過ごしているようでした。

特に女の子たちは、横柄な金蔵たちに距離を置きたがっていました。

金蔵一派の遊びは粗暴なものが多く、女の子たちには受け入れられないようなのです。

庄屋の倅に何かされても、文句など付けられないとは言え、男の子の中にも、金蔵に命令されるのが気に入らず一緒に遊ばぬ猫もいます。

その代表は、又吉という小柄な猫で、いつも金蔵一派には目をつけられているのですが、小作の子であり、兄弟の多い又吉は、遊ぶより野良や親の手伝いが忙しく、金蔵たちに付き合うなんて時間の無駄だと自分で言っているような子猫でした。

真っ白い毛を持つ小作の末娘であるゆきは、いつも一匹で納屋の前のお気に入りの場所で遊んでいました。

この日もゆきは、一匹でお手玉をしていました。

ゆきは器用でした。

座ったまま三個のお手玉をくるくると順に放り投げて見せます。手を返しお手玉を放る度に、首につけた土鈴が可憐な音をコロンコロンと響かせます。

お手玉を放るたび、土鈴は軽快にコロンコロンと鳴り響きます。

その鈴は、前の冬に逝ってしまった、五つ年の離れた姉のくれたものでした。

姉はその翌年の春に、口利きによって町に売られていくはずでした。

ですが冬が始まって間もなく、何処でもらってきたか、流行りの病であっさり逝ってしまったのです。

ゆきの首の鈴は、その亡くなった姉がまだ元気な時、離れ離れになっても寂しくないようにと贈ったものだったのです。

ゆきにとってそれは何にも変えようのない宝物でした。

その日以来　土鈴は肌身離さず持っており、そのコロンコロンという音が、ゆきの居場所を皆に教えてくれました。

独り遊ぶゆきの首にかけられた鈴の音。

その音を聞くといつも顔を出す男の子猫がいました。

それが、金蔵と距離を置く、隣家の同じような貧しい小作の倅の又吉でした。

又吉は耳と尻尾の先が薄茶色の縞々柄の茶白猫。しっぽのピンとした動きが印象的な猫です。

この春の最初の晴れの日も、又吉はゆきの鈴の音を聞き、ひょいっと顔をのぞかせました。

「今日も一人でお手玉かい。せっかく外に出られたのに、そんな遊びでいいのかい」

又吉は、何かというとゆきに近付き話しかけるのですが、不思議と一緒に遊ぼうと言いだしません。

又吉にとって、ゆきの可愛さがたまらなく眩しく、何か近づきすぎてはいけないと思っていました
ところが、ゆきはゆきで、どこか恥じらいと遠慮が勝ってしまい、それを申し出ることができないのです。

そもそも又吉がゆきの顔を見に来るようになったのにはきっかけがありました。

前の春の時、小川の堤の猫柳のつぼみに面白そうにじゃれ遊んでいたゆきは、足を滑らせ小川に転げ落ちてしまったのです。

えんえんと泣いているゆきを見つけたのは、親に薪拾いを命じられていた又吉でした。

「どうしたんだい、ゆき」

慌てて声をかけた又吉は、ゆきが足に怪我をしているのに気づきました。

又吉は、その小さな体でゆきを背負いました。

そして、泣き止まぬゆきの為に、猫柳の枝を折り握らせて、家まで送ったのでした。

思えばその時から、二匹は互いが気になって仕方なかったのですが、
この日もゆきは、本心とは少し違う返事を又吉に返してしまいました。

「お姉が一緒だから寂しくないんだよ」

そう言うとゆきは、首の鈴を自分でコロンと鳴らして見せました。

「その鈴、本当に大事なものなんだね。死んだお姉さんに貰ったものなんだろ」

又吉が言うと、ゆきはこくりと頷きました。

「この音がするときは、いつもお姉が隣にいる気がするの」

ゆきの言葉に又吉がにっこり笑って頷いてみせました。

「うん、きっとお姉さんは今も一緒にいるんだね」

ゆきも頷き、またお手玉を始めました。

お手玉が宙を舞うたびに、鈴がまたもコロンコロンと音を立てます。

しばらく又吉は、その光景を見ていましたが、あることを思い出しゆきに告げました。

「雪割草、ゆきのお姉さんが好きだったろ。上の沢の土手に咲いていた。お墓にあげたらどうかな」

ゆきが手を止め、又吉を見上げました。

「ほんとう？　そんな近くで咲いているの？」

「うん、今朝お父うとセリとフキノトウを取りに行った時に見た。きれいだった」

ゆきの姉は、青紫の雪割草の花が大好きでした。いつもこの時期、山に出かけ山菜を取るついでに花を摘み、まだ幼く外で遊ぶことの出来ないゆきに、髪飾りなどにして飾り立ててくれたのです。

雪割草の小さな花は、どこか亡き姉に似て、可憐ではかなく、そして美しくありました。

又吉の言うように、その花を供えたら姉はきっと喜ぶだろう。ゆきは昨年の春もそう思っていました。

しかし、雪割草が咲く場所は山の中。このときのゆきの小さな足では、踏み入るのも難しいとあきらめていたのです。

ですが、又吉の言った上の沢なら、今のゆきになら行ける場所でした。昨年の秋に一度訪れているのです。

ただ、今日これから出かけるには少し遠い場所。

ゆきは、心の中で大丈夫と呟き、又吉に言いました。

「明日行ってみるわ」

「そう、気を付けて行って来て」

又吉は喉まで、一緒に行こうかと出かかったのですが、たぶんまた家の手伝いを言いつけられると思い、その言葉を口にしませんでした。

しかし、それを又吉は後悔することになるのでした。とてもとても長い時間……

夜、ゆきの家では昼間出かけていた母が戻り、ゆきが布団に入ると両親が囲炉裏の傍で何事かを話し始めました。

この時期はまだ、山の恵みも少なく、冬の貯えも底をつき、食べる物は極めて乏しいのです。

この日の晩のご飯も少なく寂しいものでした。

母は後から食べるからと自分の分をゆきに分け与えるのです。

この年齢のゆきにはまだ母の愛情を知る事はできませんでした。

小作の中でも貧しい家では、一日の一度きりの食事が普通になっていました。

子供の多い又吉の家でも同じように子供たちに食べさせたあと、親たちは少ない干し芋がらを分け合って食べるのでした。

布団に入ったゆきは、お腹が減って寝付けなかったですが、首の鈴を手で握ると、姉のあの暖かな手がいつもそうしていたように、ゆきの背を撫でてくれるような感覚を覚え、いつしか眠りの中に入っていきました。

どんなにつらい時も苦しいときも、姉のことを思い出せば、堪える事が出来る。いつの間にか、ゆきはそんな我慢強い娘に育っていました。

そんなゆきの寝息が聞こえたころに、両親は暗い顔で相談をし始めたのです。

「思った程の金にはならねえ」

父親が言うと、母親うなだれるばかり。

「まだ六つになったばかりだからね、まだまだ躾が大変だって値切られたんだよ」

父親は小さくため息を吐きながら答えました。

「それでも仕方がねえ、上の子の時に手付をもらったからなぁ。うちらが生きる為だ。あれには可哀そうだが、おなごに生まれたのが不幸とあきらめてもらうしかねえ」

「上の子が生きていてくれたら、この子は手放さずとも済んだかもしれんのに」

母親が黙って目頭を押さえた
「言ってもせんないことだ、誰も恨んじゃなんねえ」

親がどんな話をしているかも知らず、ゆきはすやすやと夢の中にいました。

夢の中でゆきは、又吉と遊びに興じていました。

何故か、死んだ姉も一緒でした。

三匹で遊んだ記憶はありません。

姉はいつも忙しく家の手伝いをしていたから、一緒に遊べるのは夜寝る間際のわずかな時間だけでした。だから、そこに隣家の又吉がいるはずがないのです。

ですが、夢の中では三匹は仲よく遊んでいました。

それが、ゆきの望む楽しいことだから、なのでしょう。

素直に夢はそれをかなえてくれているのです。

現実ではもう決して叶わない時間を、夢がかなえてくれていました……

夢は救いだと、この先ずっとゆきは思うことになるのですが、今まさに夢の中にいるゆきに、そんな未来が見通せるはずもありませんでした。

翌朝、わずかばかりの朝餉を終えると。野良に行く親を見送り、ゆきは上の沢を目指しました。

雪割草を墓前に供えて姉を喜ばせたてあげたい。ただ、その一心で。

同じ頃、郷の中では幾匹かの子猫たちが顔を寄せ何事か話し込んでいました。

その輪の中心にいるのは、庄屋の倅金蔵でした。

「つまらねえな」

金蔵は誰に言うでもなくそう言いました。

ほかの子猫はどう答えていいかわからず黙ったままです。

「何か面白いことやりてえな」

さっきより強い語調で金蔵が言いました。曲がった尾がピンと上向いているのは、少しいら立っているからです。気持ちを察せということのようでした。

これが命令なのは、子分猫たちはよくわかっていたのですが、さて口のきき方ひとつで機嫌が変わる金蔵ですから、どの子もただでも丸い猫背をさらに丸くして尻尾を股の間に挟み縮こまっていました。

中の一匹が、おそるおそる聞いてみました。

「どんなことをしたら面白いんでしょうね」

金蔵が腕組みをして、ぼそっと言いきりました。

「宝集めなんていいんじゃねえかな」

子分猫たちは顔を見合わせました。

宝っていったいなんだろう。誰もがそう思い困惑しているようです。

金蔵は構わず続けました。

「俺が、これはいいなと思った物。一番いいお宝を持って来た奴には、そうだな干し芋をやるぞ」

小作の子らは誰もがひもじい毎日を送っています。

干し芋なんて、今の時期に口にする事も出来ないごちそうでした。

皆の目の色が変わったのは言うまでもありません。猫の目が変わるではなく目の色が変わったわけです。

「金蔵さんは、どんなお宝がすきなんですか」

子分の一匹が勢い込んで聞いたのですが、聞かれた金蔵は、フフッと笑いながら答えました。

「そんなの言ったら面白くねえだろ。お前らが考えるんだよ、お宝って何かをな」

子分猫たちは。一瞬困ったなという顔をしましたが、それぞれに知恵を絞るべく首を傾げだしました。

「さて、お前らがお宝を持ってくるまで、俺は社《やしろ》の縁側で日向ぼっこでもしているぜ」

金蔵はそう言うと一匹でさっさと郷の神社のほうに歩いて行ってしまいました。

やがて子分猫たちは、散り散りに郷のあちこちへと散っていったのです、自分の考えたお宝を探すために。

ゆきは、昼前にようやく上の沢の広けた場所にたどり着きました。

　そこにはお姉が出迎えるように、たくさんの雪割草が咲き、思わずその中に飛び込んで行きたいほどうれしい光景でした。

　ここは木立もなく、まだ日陰側には雪が硬く残っていますが、その雪が融けた土手に又吉が言った通り、雪割草の可憐な花があちこち開いているのが望見できました。

「わあ、きれい！」

ゆきは、その可憐な花たちの姿に小躍りし、すぐにそれを摘むため駆け寄りました。

氷に変じまだ居残る雪の絨毯は、足裏に冷たいのですが、素足でも構わずゆきは小走りしました。それすら気にならぬほどうれしく感じたのです。

花の群れ咲く場所に近付くと、ゆきは花を摘み集める事に夢中になりました。

去年はまだこんな場所まで来られなかった。

自分がずいぶんと成長したのだと思うのも、ゆきには嬉しいことでした。

きっとお姉は、摘んだ花を喜ぶだろう。

そんなに時間もかからずに花束は出来上りました。

ゆきの顔に喜びの笑みが咲きました。雪割草にも負けないほどの可憐な笑みが。

さあ、お姉の所にこれを持って行かなければ。

ゆきは、郷の方へと戻り始めました。


金蔵に宝を持って来いと命じられた子分猫たちは、それぞれに知恵を絞り郷の中をうろついていたのですが、彼らの中で一番腕っぷしは強いが頭の方はいまひとつ回りかねる寅吉という子猫が「困った困った」と呟き一匹で郷外れの道を行ったり来たりしていました。

短い丸尾を持った大柄な子猫の寅吉は、言ってみれば金蔵の用心棒みたいなもので、腕っぷしのいる喧嘩は全部寅吉が肩代わりしているのでした。

本当に困った顔でうろついています。

寅吉は、宝と言われても何ひとつ思いつかないのです。

寅吉は必死に知恵を絞っていました。

宝というのは、やはり大切なものだろう。

貴重なものでなければ宝とは言えない。

それなら、誰かが大事にしているものが宝という事になるのか。

えらく時間をかけて、そこまで考えが及んだ時でした。

寅吉の耳に、馴染んだ音が聞こえてきました。

それは自分たちにいつも距離を置く女の子猫たちの一匹、ゆきが首につけた土鈴のコロンコロンという音でした。

寅吉にとってゆきは、気にくわない娘でした。

ゆきは小さく可愛い娘、金蔵があれと遊びたいと何度か口にしたことがあるのです。

そこで、寅吉が強引に何度も一緒に来いと言って遊びに誘っても、決して付き合わなかったのです。

金蔵も、ゆきがどこか抜き出て自分たちを遠ざけているのが気にくわないと漏らしていました。

そのゆきの鈴の音が寅吉に聞こえたことで、運命の歯車は大きく動いてしまったのでした。

ゆきのやつめ、いつも家の前で一匹で遊んでいるのに、なぜこんな場所にいるんだ?

寅吉が怪訝そうな顔で音のした方を見やると、ゆきが両手で雪割草の花を持ち郷の墓地のある方に向け小走りにしていくのが見えました。

花なんて嬉しそうに持って、おなごというのは判らない生き物だ。

そう思った次の瞬間、はっと寅吉はあることに気付きました。

そうか、宝物……。

寅吉は、にやっと笑ってゆきの後を追い始めたのでした。


その日又吉は、親に野良仕事を手伝うように言いつけられ、一生懸命鋤を土に入れていました。

しかし、子猫の中でも小柄な又吉は、思うように畑を耕すことが出来ませんでした。

賢明に頑張るのですが、仕事は全くはかどらず、親は嘆きの声をはっきり本人の耳に届くように漏らしました。

それが又吉にはひどく堪えました。

自分でも、非力なのは判っている。

それでも何とか懸命に家の手伝いをしなければと頑張っているのだ。

だが、親にその思いは伝わってはいないのです。

「今日もういい、先に家に戻って囲炉裏の火を見てこい」

まだ日は落ちるのに間があるうちに、又吉は親に言われ畑を追われるように家に向かわされました。

傍目にも、又吉の肩はがっくりと落ちて見えました。

家の役に立たねば、貧しさからは抜けられない。

自分は男だが、末の子である又吉は、このままではただのお荷物でしかない。

早く大きくなりたい。そう考えながら家の前まで来た又吉は、ある光景を見て足を止めざる得なくなりました。

隣家の前で、ゆきが泣いていたのです。

あの日、沢で泣いていた時のように、えんえんと声をあげゆきは泣いていました。

何があったんだ？

又吉はすぐにゆきに駆け寄りました。

「どうしたんだ？」

又吉が問いかけても、ゆきはうなだれたまま何も答えずただ泣くだけです。

傍らに、何本か首の折れた雪割草の花束が落ちていました。

「花を取りに行ったのか？」

この問いかけにもゆきは答えません。

又吉は、ゆきの小さな肩を掴みその顔を見つめました。

「傷があるじゃないか！　誰にやられた」

もう一度ゆきの様子を見た又吉は、目を真ん丸にしました。

いつもそこにあって、又吉にゆきの存在を教えてくれていた、あの大切な鈴が消えていたのです。

「ゆき！　首の鈴はどうしたんだ！」

ずっと泣きじゃくっていたゆきは、小さな声で答えた。

「寅吉が、金蔵が宝を集めているからお前の宝物を寄越せって、あたしを叩いて持って行った」

又吉の中で、めらめらと怒りの感情が沸き上がりました。

これまでも、横柄な金蔵の態度は気にくわなかった。だが、相手が庄屋の子であるから面と向かって文句は言えなかった。

しかし、又吉なりの反抗心で彼の仲間と徒党を組むのは頑として拒んできたのです。

その金蔵の命令で、子分の寅吉が、小さくか弱いゆきを傷つけ、何にも代えがたい宝物を奪った。

こんなことが許される筈ありませんでした。

又吉が力強く言いました。

「ゆき、俺が、お前の大切な鈴を必ず取り返してみせる、だから泣くな！」

ゆきが潤んだ目で又吉を見つめ返し聞きました。

「ほんとう？」

又吉は力強く答え返しました。

「ああ、絶対だ。命を懸けてでも取り返す。だから泣くな！」

ゆきの目に、明らかに希望を見つけた輝きが宿りました。

又吉はぎゅっとゆきの手を握り言いました。

「どんなことをしてでも取り返すからな」

しかし、この日は又吉は親に火の番を言いつけられている。本当はその足で金蔵か寅吉の元へ駆けて行ってかけあいたかったのだが、それはできない。

もう一度、ゆきの手をぎゅっと握り又吉は言いました。

「今日は無理だが、待っていてくれ。約束するよ」

ゆきがこくりと頷きました。大好きな又吉の約束だから、嘘なんて言うはずない。ゆきはそう思ったのです。

「待ってる。きっと待ってるから」

翌朝のこと、又吉は親に何かを言いつけられる前に家を飛び出し、庄屋の家に向かいました。

「金蔵いるか！　すぐに出てこい！」

小さな又吉から出たとは思えぬ大きな声が響きわたりました。

家人たちは驚きましたが、なにより名指しにされた金蔵が一番驚きました。

相手が又吉だとはすぐ判ったのですが、何故自分が呼び出されるのか理解できなかったのです。

まあ、それでも自分の事を呼び捨てにし、家まで押しかけ出てこいと呼びつけるのはとてつもなく癪に障ったのは言うまでもありません。自分に偉そうな口を利く子猫などあってはならないと、金蔵は思っているのですから。

金蔵は、小さな又吉を睨み据え聞きました。

「いきなりなんだ、こんな朝っぱらから大声で呼び出すなんて無礼極まるぞ」

「うるさい！　お前とお前の手下の卑劣さの方が無礼極まる！」

と又吉が怒鳴りました。

「なんのことだ！」

まだ金蔵は、又吉の言っていることに心当たりがありませんでした。

又吉がいきり立ち、尻尾を膨らませながら唸り叫びました。

「お前、手下に宝物を取って来いと命じて、寅吉にゆきの鈴を取り上げさせたろう！　あの鈴は、ゆきの本当に大切なものだ、すぐに返せ！」

ここでようやく金蔵は事の次第を理解しました。

「ああ、あの汚い土鈴か。ふうん、そうか、下らねえもの持ってきやがってと思ったが、本当に宝物だったのかよ。なら寅吉をほめてやらなくちゃなんねえな」

金蔵はそう言うと不敵に笑いました。

「何を笑ってる！　さっさと返せ！」

又吉が腰を低くして跳びかかりそうな姿勢で叫ぶが、金蔵は涼しい顔で首を横に振りました。

「駄目だね」

「なんだと！」

もう野良着の上からでも又吉の背中の毛が逆立ち尾は太くなっているのがわかります。

金蔵は目を細め又吉を見据えて言いました。

「俺は宝探しがしたい、そう言っただけで、あれは寅吉が勝手に俺にくれたものだ。俺が寅吉にもらったものをどうしようと勝手だろ。どうしても取り返したいなら、寅吉が俺に頭を下げて返せって言うなら考えないでもないぜ」

金蔵がこぶしを握り締め、低い声で牙をむき唸りはじめました。

それはつまり、又吉が寅吉を納得させねば無理という事だ。

おそらく、頭を下げてもそれは叶わない。又吉は寅吉の性格を考えそう見抜いたのです。

腕っぷしでかなう相手ではない。

寅吉は傍目に見れば、又吉より一回りは大きな体をしています。

だから金蔵は、こんな無理を言っている。又吉に出来っこないこと押しつけているのです。

しかし、又吉は引きませんでした。

「なら、寅吉が頭を下げたら、必ず返すか！」

金蔵は笑いながら答えました。

「あの馬鹿が簡単に頭を下げるなんてありえない。本当に俺様の前であいつが頭を下げたら、返してやるさ」

又吉は金蔵を睨み据え言いました。

「よし、男に二言は無いな。待ってろよ」

すぐに踵《きびす》を返した又吉は、寅吉の家に向かって駆け出しました。

勝てないだろう。それは又吉にもわかっていました。

ですが、ゆきと約束したのだから、引くわけにはいかなかったのです。

他でもない、ゆきとの約束、負けるとわかっていても駆けださずにいられなかったのです。

寅吉の住む粗末な家に着くと、又吉はまたも大声で寅吉を呼び出しました。

「出て来い寅吉！　お前に用がある」

この声が響いてしばらくすると、家の中でガサガサ音が響いてきました。

扉がガラッと開くと、寅吉がのそっと出てきて、又吉の言い分も聞かぬうちに、いきなり拳を振るってきました。

「ごちゃごちゃうるさいんだよ、このちび」

重い拳が又吉の頬を打ち、彼は地面にどかっと倒れてしまいました。

だが、又吉は鋭く睨みつけすぐに立ち上がり、寅吉の前に再度立ちはだかりました。

「この卑怯者め、お前はゆきの鈴を盗っただろう、聞きもせず殴りやがって」

次の瞬間、又吉は寅吉のむこうずねを思い切り蹴った。

「うお！」

さすがにこれは効いたようで、寅吉は思わず手で足を押さえましたが、逆にこれが彼に火をつけてしまいました。

「この野郎、弱いくせによくも！」

寅吉は素早い動きで又吉に体当たりをしその身体を打ち倒しました。

そのまま馬乗りになった寅吉は、拳を立て続けに又吉に叩き込みだしたのです。

又吉も必死にあらがい、何度か下からこぶしを突き上げたが、やはり無駄な抵抗でした。

程なく、又吉は抵抗する力をなくしてしまいました。

「ふん、ざまあみろ」

動かなくなった又吉の上から立ち上がった寅吉が吐き捨てたが、動けぬままの又吉は力ない声ながらこう言い返しました。

「あきらめない……ぞ、俺はあきらめない……」

その言葉は真実でした。


翌日、まだ日も昇らぬ時刻、寅吉は家の前で再度又吉の叫ぶ声にたたき起こされたのです。

「出てこい寅吉」

まだ昨日の傷跡も癒えていない姿で、又吉は立っていました。

「あきれたちびだな」

もう一度叩きのめしてやろうと寅吉はこぶしを振り上げたのですが、この時すでに又吉は寅吉に向け爪を広げ飛び掛かったていたのです。

この奇襲で、寅吉はどかっと派手に後ろに尻もちをつきました。

又吉は昨日の経験から、無言のまま寅吉に向けこぶしを振るい始めました。

さすがに続けざまに殴られると、大きな寅吉でもたまりません。

「こ、この！」

形勢を変えるべく、寅吉も殴り返すのですが、又吉は既に寅吉の腕の中に身体を入れているので、寅吉の叩く力はどうしても弱まり、あまり又吉に効きません。

夜の間、又吉が懸命に考えたのがこの方法でした。

体の大きな寅吉は、その内懐に入ったら有効な打撃が出来ないと気付いたから、奇襲でその身体を押し倒し、力は弱くても素早い打撃を大きな寅吉の腹に集中させていたのです。

これは、本当に寅吉には堪えたようでした。

大きな寅吉は当然力も強いから、これまでの喧嘩でも一方的に殴るばかりで、あまり自分が殴られることには慣れていませんでした。

あまりに激しく突かれ続けて寅吉の真ん丸な尾は、次第にしぼみ始めました。

さらに又吉の拳は円を描くように続けざまに鋭く突きつづけ、遂には指を大きく開き爪をぎゅーっと押し当てるとなんと大きな図体の寅吉は、その痛みに負け、尻尾を震わせいきなり泣き出してしまいました。

「勘弁してくれ！　俺が悪かった！」

ついに寅吉は、又吉に負けを認めたのです。

傷だらけの血のにじんだ顔で又吉が、言いました。

「よし、じゃあ一緒に金蔵の所に行って頭を下げてくれるな」

「わかったよ、だからもう叩かないでくれ！」

泣きながら寅吉は小さな又吉より小さく背を丸め懇願するのでした。

金蔵は自分の目の前の光景に唖然としました。

又吉がいきなり寅吉を引き連れやって来て、寅吉に土下座をさせたからです。

まさか、又吉が寅吉を屈服させるとは、金蔵は微塵も思っていませんでした。昨日、寅吉が頭を下げたらといったのは、それで諦めるだろうと高をくくっていたからです。

「あきれたな、本当に寅吉をやっつけたのか」

金蔵が吐き捨てるように言うと、又吉が頷きました。

「さあ、これでいいだろう、ゆきの鈴を返せ」

しばらく黙って金蔵は又吉と頭を下げたままの寅吉を見つめていました。

こいつは少々気に入らないことになった。

正直、郷の中に自分に刃向かう子猫が居るのは、金蔵にとって許しがたい事でした。

でも、自分がここで約束をたがえるのは得策ではない。それは、小作を束ねる庄屋の家に生まれた猫だからこそ叩き込まれてきた、他の猫を率いるための知恵でした。

この腹の虫の収まらない分は、どこかで必ず取り返す。

しかし、この場は又吉の言葉に従うのが正解だろう。

金蔵は黙って懐から土鈴を取り出すと、すっと又吉に差し出しました。

又吉は金蔵に走り寄ると、それをむしり取るよう奪いました。

ついに、又吉はゆきの大切な鈴を取り返したのです。

「もう、二度とこんなことするなよ！」

又吉は金蔵にそう吐き捨て、直ぐに庄屋の家を後にし足早に走り去っていきました。

その又吉の背を見ながら、金蔵は呟きました。

「あいつ、この郷にいらねえ存在かもしれねえな……」


庄屋の家を後にした又吉は、土鈴をすぐにゆきに返してやろうと道を急いでいました、ところがその途中に自分の親にばったり出くわしました。

親は、又吉の顔を見るなり大声で言いました。

「こら又吉、朝も明けねえうちからどこをほっついていた！　今日は野良の仕事を手伝うんだ！」

昨日、寅吉に叩きのめされた又吉は、体をすぐには動かせず家の作業を手伝えなかったのです。

そのせいで彼は、夜の食事を抜かれていました。

その又吉が朝から見えぬので、家族たちが探していたのでした。

「お父う、ごめんよ、だけどおいら用事があるんだ」

親にそう言うと、又吉はいきなり激しく頬を叩かれました。

「口ごたえは許さねえ！」

親からの一発は、寅吉からもらった一撃など比べ物にならない重みで又吉を打ちのめしました。

重さの意味がまったく違う。痛みより、そこに込められた見えない力、逆らってはいけない立場を示す権威が又吉の行動をがんじがらめに縛りあげてしまいました。又吉の賢さが、自分が今取るべき行動を決めてしまいました。

従うしかないのです。

親の言うことを聞かねば、家にいることはできない。

ゆきの所には、野良仕事が終わってから行こう。

そう自分に言い聞かせ、又吉は親の後をとぼとぼとついていきました。

力の弱い又吉は、必死に鋤を振るいました。

この土くれをほぐせば、ゆきの所に行ける。

鈴を見たらきっと、喜んで笑ってくれる。

何よりも好きなあのゆきの笑顔が見られる。

そう思えば、つらい野良仕事も苦ではありませんでした。

ようやく、言いつけられた畔《あぜ》の総てをすき終えた時、日は大きく西に傾いていました。

さあ行こう、ゆきの所へ。

又吉は走りました。

ところが……

ゆきは、又吉があの鈴を届けるのをずっと待っていました。

この日の昼前、ゆきの家に見知らぬ大人がやって来ました。

「これが、娘か。なるほど小さいながら器量は良いし、毛並みは最上だな」

その大人猫は、なめまわすようにじろじろとゆきを眺めながら両親にそう言いました。

「はい、上の娘同様に器量が良いのが自慢です」

ゆきはいったい何が起きているのか判りませんでした。

その見知らぬ大人猫は、何かをゆきの両親に手渡すと、いきなりゆきの小さな手をがしっと掴みました。

「さあ、行くぞ」

「行く？　どこに？」

両親に何も聞かされていなかったゆきは、怯えた声で聞きました。

「峠向こうの宿場町だ。そこで、お前を買ってくれた方が待っているんだ、ぐずぐずするな」

痛みを感じる程に強く握られた手を無理に引かれ、ゆきは歩み出さざる得ませんでした。

「おっとう、おっかあ、なんで？」

泣き出しそうな顔でゆきは両親を振り返ったが、両親は暗い顔で目をそらし何も答えません。

「いやだ、行きたくないぃ！」

又吉は絶対に取り返すと言ってくれた。だからまだ郷を出るわけにはいかない。

痣《あざ》が出来るほど強く握られた手を必死に振りほどこうとするが、それはかなわない。

大人の力は怖いほどに強く、その鋭い眼光と太い尻尾がたまらなく恐ろしく見えました。

それでもゆきは抵抗しようと身を悶えさせるのですが、手を握った大人猫、宿場町の口利き屋は、構わずぐいぐい手を引き、ゆきを引き摺るように進んで行きました。

父親は、涙をこらえきれぬ声で娘にこう言ったのです。

「お姉の代わりなんじゃ、立派に努めてくれ。それがお姉の供養にもなるんじゃ、お江戸で立派な花を咲かしてくれぇ」

「おっかー、おっかー、おっとー」

ゆきは必死に泣き叫ぶが　その声は小高い山の向こうに消えていきました……。

父親は「すまねぇーすまねぇ、ゆきすまねぇ」と何度も繰り返し、

……母親は泣き崩れたまま「こんな日の為に娘を産み育てたわけじゃない。」

あの娘だって幸せになれたはず、娘を売らねばならない貧しい暮らしを呪うのでした。

一家にとって残酷な現実が過ぎていきました。

夕刻、朝の決闘と野良仕事の連続でぼろぼろの姿で又吉がゆきの家を訪ねると、既にそこにゆきの姿はありませんでした。

「どうして、どうして……」

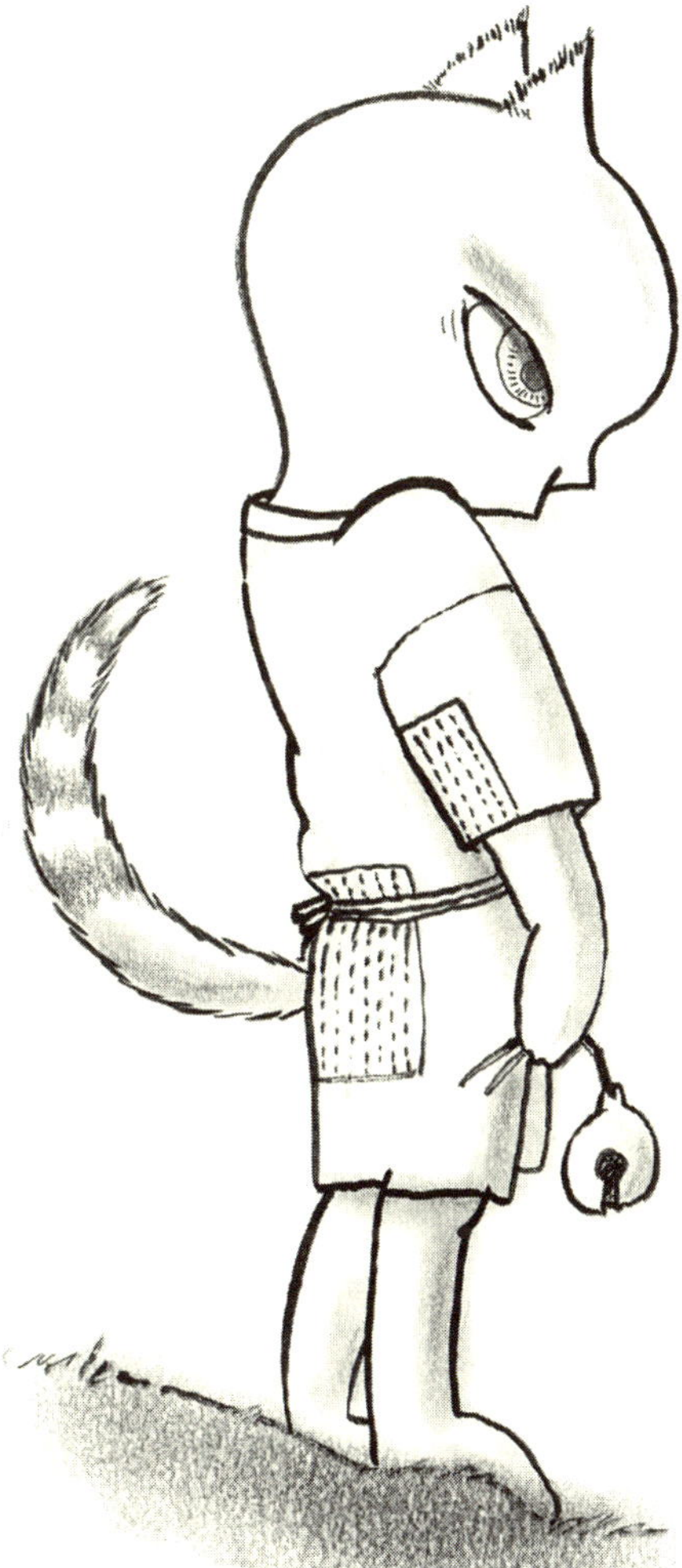

半ば呆然とゆきの親に問う又吉だったが、大人は子供に多くを語りません。

ただ、売られて行った。そう告げられた又吉は、手にした土鈴の紐をぐっと握ると、天を仰ぎ慟哭しました。

男は泣くものじゃない、兄たちはそう言っていたが、又吉は涙を止められませんでした。

遅かった。自分が遅かったばかりに約束を果たせなかった。

又吉は、この時から少しずつ物事を斜に構え見るように変わっていきました。

おそらくそれも、彼の運命を決めることになる一因となったのでしょう。

春の日の夕焼けは、残酷なほどに赤く空を染め、別れを告げられず、惹かれあっていた幼い二つの心を割いた悲しみに溢れかえっているかのようでした。

二の巻　「しらゆき」

幾ばくか、少なからぬ年月の流れた先のおはなしです。
場所はお江戸、猫の世界随一の街でございます。
猫の世界にも、いろいろな遊び場はありました。

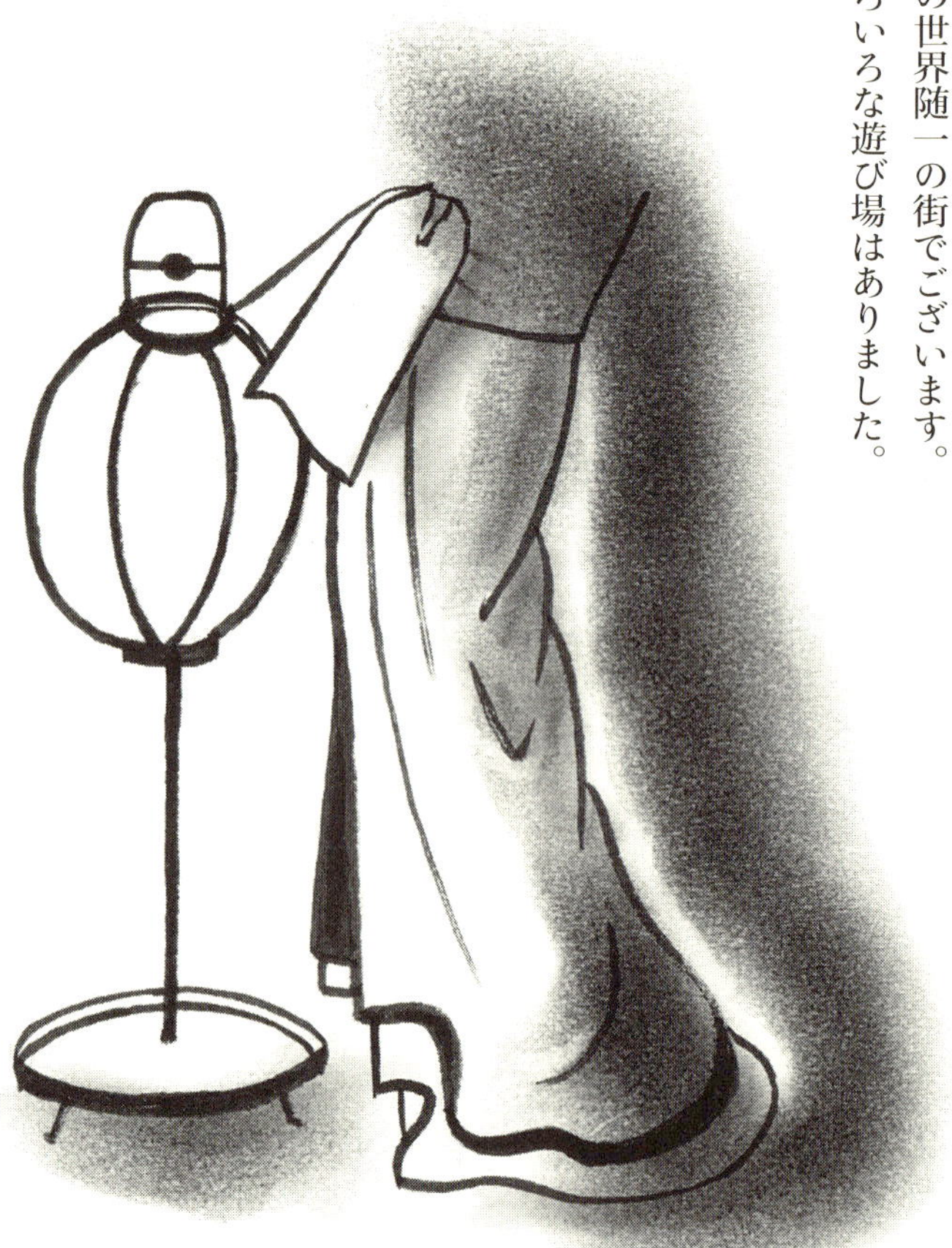

芝居もあれば飲み屋もある。そして、花街《かがい》ももちろんございます。

お江戸の花街は、大川端の吉原にありました。

囲いのめぐらされたこの場所は、他の世界と違う特別な場所なのでございます。

そこに生きる女猫たちにとってそれは確かに苦しく辛い世界に違いありません。多くの女猫たちが、親や身寄りに金で売られ、あるいは借金のかたでここへと流れてまいります。

女たちは、ここで下手をすれば、ぐるりと巡った柵から一生抜け出られぬかもしれぬ生活を強いられ、年頃になれば男猫のお客に呼ばれ相手をしなければなりません。

ただ、そんな場所にも救いはあります。

誰よりの芸錬と色香に長ければ、上へ上へと昇り行き、ついには誰もが振り返る特別な存在になれるのです。

そうすれば、きっと誰かに見初められ、借財を肩代わりし、身請けしてくれ嫁に行ける。

夢のような話ではありますが、吉原で最も地位の高い太夫ともなれば、それは引く手あまたとなるのは事実なのでございました。そうなれば、これは夢ではなく現実味を帯びた話へと変わるわけです。

ですから、ここに売られ育った猫たちは、必死にその芸に女に磨きをかける日々を過ごしているのでした。

そして日中の眩しさに細めていた妓楼の女たちの眼は、日が傾くにつれ瞳孔が真ん丸に広がり愛らしく、美しく輝き始めます。

柵の中からなまめかしく尻尾をくねくねしながら、猫撫で声と手招きで男たちを誘惑をする妓楼猫たち。

品定めをするように爛々とした眼で男猫達は口元をぷっくり膨らませ、髭を四方八方に広げ歩く姿はまるで獲物を探して狩りをしているようです。

そして、これが吉原の毎夜のお決まり。

不夜の燈火がともるのでした。

その吉原に、際立った特別な存在の花魁がいると噂が流れ出したのは、前の年くらいからのことでした。

数年前から、歌い上手で舞も美しい花魁として、有望とは言われていたのですが、ある日少し患いをしてみたら、その瞳が左右違えた色に変わり、その目に見つめられるとどんな男もたちまち惚れて通うようになるという評判が立ったのです。

実際に座敷でその姿を見た客は、まるで母猫であるかのように優しさと温かみと、たまらなく美しい色香を漂わせる二つの色の瞳。それは愛らしく狂おしいほどに美しい花魁だと述べたそうです。

これがたちまち広がって、その花魁は魔性と観音の慈愛、両方の目を持つ唯一無二の花魁と呼ばれるに至ったのでした。

こうして多くの客がつくのですが、その客を決して飽きさせぬ芸にも長け、ある客には朝まで語る長話をくりかえし決して同じ話を語らなかったとか、毎夜違う歌を声枯れることなく長歌い、月の満ち欠けひとめぐり続けられたとか、尾ひれがついているのか真実なのか定かではない話が広まりました。

何しろ場所が吉原です。確かめるには、実際に行くよりほかありません。

そうこうしているうちに、件《くだん》の花魁は吉原一の太夫の座に上り詰めていたのでございます。名を白雪、晴れて大夫となり白雪太夫と堂々呼ばれることになった美しき猫は、この歳数え二十の女猫盛りでありました。

信州の山の中からここに売られてきたのは数えてみれば十四年も前の話、その日から流した涙の数は数えも切れず、手に幾度も、いや幾十幾百回も血をにじませ、体の動く限りはと必死に芸事に執心してきたのですが、それだけで太夫になったのではないのは確かでしょう。

魔性の瞳も確かに背を押したでしょうが、何より白雪が際立たせているのが、その美しき毛並みでありました。

それはまさに名の白雪にふさわしい純白で、ふわっと流れるようなその毛並みを見れば、誰もが息を呑み、そしてため息を漏らす。さらに、たとえ瞳を閉じていようとも、その目鼻立ちの美しさは図抜けています。

　それもそのはず、やわらかい毛を丁寧に毛繕い、特に手足の爪の間は念入りに手入れは怠りません。

　それが白雪のもう一つの魅力、桜色の見るからに誰もが触りたくなるような柔らかい肉球を保っているのです。

　結局の所、太夫になるべくしてなった。誰もがそう認めざる得ない猫なのでございました。

　そんな白雪も吉原に来たばかりの幼い頃は、右も左もわからぬ田舎しか知らない少女でした。座敷の隅で花魁見習いに付いている最中に、たまたま酔客がよろけ花瓶の猫柳が倒れたら、思わずその蕾にじゃれて飛びついてしまった、そんな失敗もした普通の幼い禿《かむろ》だったのです。

ただ、周りの猫たちも驚くほど、いろいろな芸事の飲み込みが早く、手先も起用で楽器などもすぐ使いこなしてみせました。

教え込む姉さん猫たちも、なんて筋の良い猫なんだろう、スルメをこっそり食べて筋を伸ばしたのかい、などと冗談をいうほどに飲み込みの早い子でございました。

気付いてみたときには、同じ年頃の猫たちでは飛びぬけて腕の立つ芸猫となっていたのでありました。

多くのやっかみや、嫌がらせがあったのはもちろんです。

しかし、それを多くを語らず耐え抜き、いつしかどんなことも実際のお座敷という戦いの場で勝つことで、すべてを黙らせてきました。

決められた贔屓筋もなく、白雪は自力でそれをついに勝ち取る日を迎えたのですから、どんな先輩猫もその実力を認めるしかありませんでした。

そんな新たな吉原一の太夫、白雪がとても晴れがましい顔で朝を迎えていました。

それは、八朔吉日の朝でした。

朝の遅い吉原ですが、その日は驚くほど早起きした白雪は、自ら艶やかな化粧をその何もせずとも美しい顔に施し始めた。

その気配に気づき。彼女の世話をする妹分の禿猫が慌てて起き出してきました。

「白雪姉さま、化粧と着付けはお手伝いしますえ」

だが白雪は、きりっとした表情で鏡を見たまま答えました。

「いいのでありんす、今日だけは手前ですべてやりたいのんえ」

紅の乗っていく白い顔は、本当に美しく、ついに吉原一と言われる太夫としてこの日を迎えられた喜びに輝いて見えました。

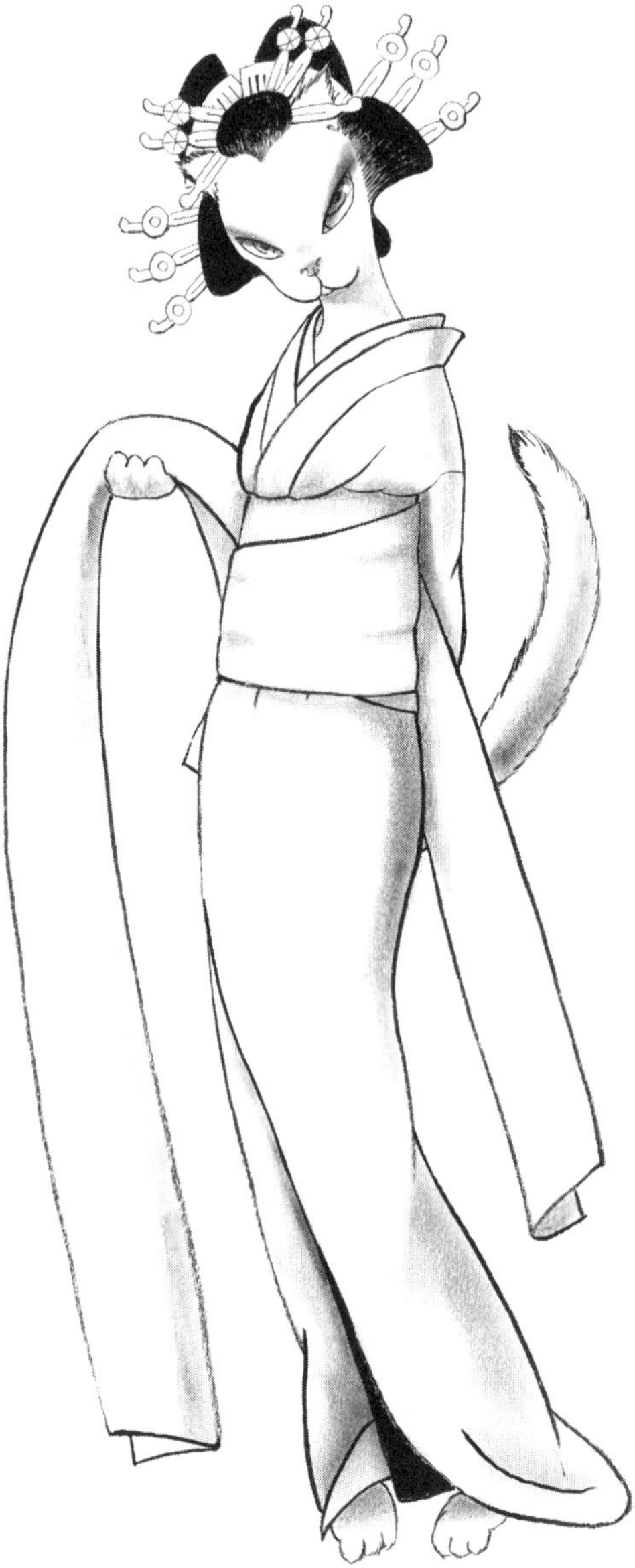

この地に来た時、此処がどんな場所かも知らなかった幼い猫は、いまや誰もが知る美しさと飛びぬけた芸を持つ最高の花魁となったのです。

その芸道への精進の感謝をするため、この日は白無垢姿で挨拶に回る、それがこの八朔の日の慣わしでした。

吉原がどんな場所か知った時、自分を売り飛ばした両親を心底恨み、嘆き苦しみました。

しかし、こういったことは貧しき農村のどこにでもある話だと、彼女はこの地で初めて知りました。暖かな布団に包まれ、猫まんまを腹いっぱい食べられるだけでも幸せだと思えるようになりました。

もし私がここにこなければ、と思うと、ようやく両親を許す気になったのです。

ですが、吉原での暮らしは決して平穏なものではありませんでした。芸の身につかぬ女猫は、容赦なく隅に追いやられ、いつしか生きる事すら難しくなるのです。座敷がこなせなければ、満足に食事だってもらえたりしません。

客に自分を選んでもらう。すべての始まりがそこにあります。

だから、多くの客に好まれるため、他の猫を蹴落とそうと誰もが見えないところで嫌がらせをするのです。

もともと目鼻立ちの整った白雪は、その嫌がらせの格好の的でした。

しかし、彼女は決して屈しませんでした。

元気に育つことが姉への供養。立派に咲いておくれ。

両親の言葉が、いつまでも頭に残り、決して負けないくじけない心を彼女に与えたのかもしれません。

いや、実は同じようでありながら違う言葉を彼女は吉原に来てから投げかけられていたのを思い出した。

「女は、置かれた所で咲くものなんだ。さあ、この吉原できれいに咲いて見せてご覧」

それは、廓《くるわ》の女将の言葉であった。

そしてついに、白雪は太夫として花魁道中の先頭を歩く身となったのです。

夜の吉原を練り歩く道中は、それはもう絢爛豪華なものでございます。

多くの禿や御付き役、そして格下の女郎を引き連れ花道である目抜きを、ゆっくりゆっくり進むその行列は、ここを訪れた男たちの目を引き付けてやみません。シャラン、シャラン、高いぽっくり下駄を足を回しながら進む度、腰の鈴が軽やかな音を放つ。

小さな猫たちが、禿として太夫のあでやかな着物の裾が汚れぬようにそっと手を添える。

太夫の歩みは本当にゆっくりしたものだが、それを見るため多くの酔客が列をなす。

数え切れない視線が自分に向けられていると感じ、白雪は笑みを浮かべるのでした。

正直な心で言えば、これまで自分に数多くの意地悪をした先輩女郎たちを見返してやったという優越感もあったのですが、それ以上に自分は芸の精進と座敷での客のあしらい上手だったことによってこの地位を勝ち取ったという自信、これが一番でした。その思いから漏れ出た笑顔と言えるでしょう。

白雪が太夫として八朔を迎えたのは今日が初めてでした。

これから、置かれている楼閣から出て芸道を極めさせてくれた同じ吉原内の師匠筋となる姉猫の元へ、あいさつに回るのです。

本当に晴れがましい気持ちで白無垢に袖を通せる。

化粧を終えた白雪は、背後の衣紋かけに吊るされた美しい白無垢の方に振り返りました。

自分の白い毛並みにも似合う、故郷の雪景色のような白い白無垢の袖は丸く短く仕立てられていました。

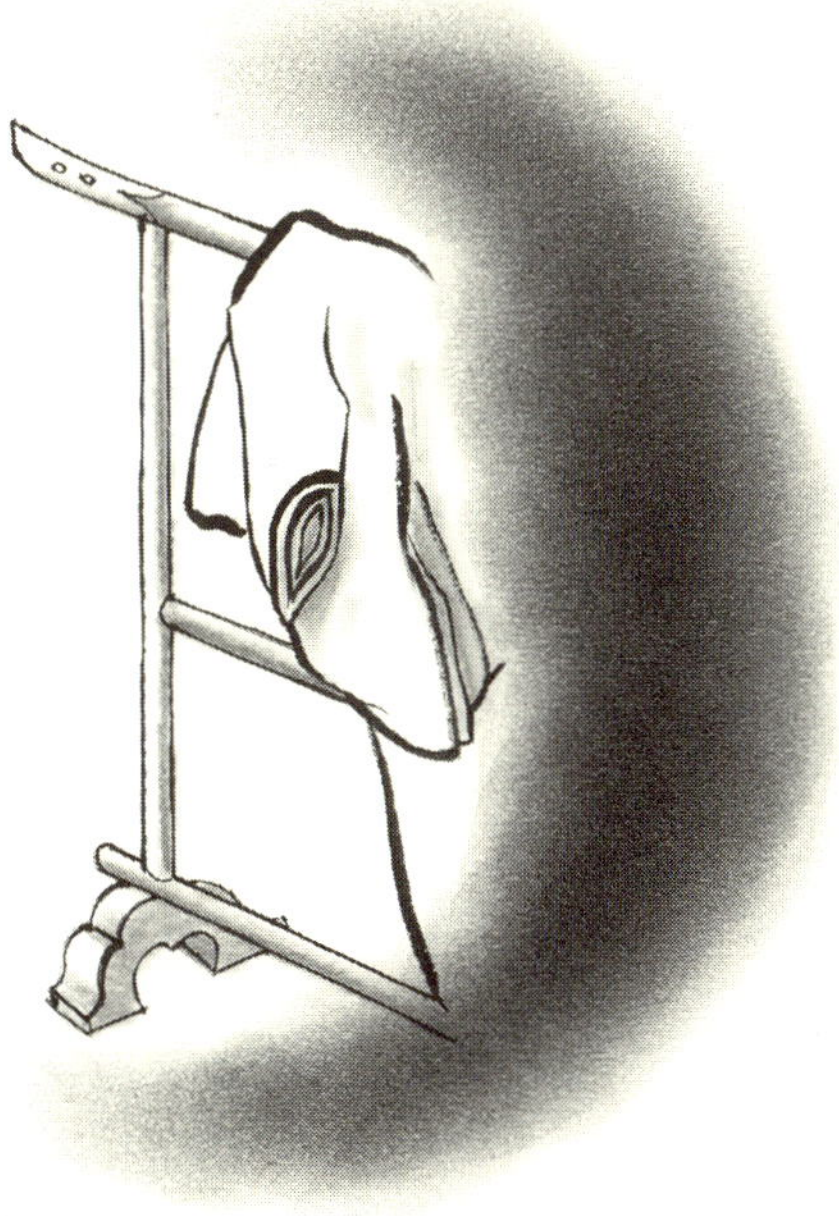

それには過去の思いを断ち切ったゆきの半生が込められています。

すっと立ち上がった白雪は、その着物に手を伸ばし、両の手でゆっくりその感触を確かめました。

「長《なご》うありんした……」

今日までの日々が頭の中を巡るのでしょう、瞼を閉じるとこぼれ落ちそうな涙をぐっとこらえ、白雪はそのまま着物の着付けに取り掛かりました。白無垢にはそれは美しい金糸銀糸を織り込んだ帯を合わせました。

花魁の着物は、下帯からすべての帯が前結び。だから自分一匹で着るのに何の苦労もないのです。

すっすと、手際良くしらゆきは着物を重ねていき、帯を結わえていきます。

すべての着物を身に着けてから初めて白雪は、部屋の隅にかしこまっている妹分の禿猫に声をかけました。

「かえで、髪飾りを手伝っておくれな」

まだ幼さの残る猫が、喜色を顔に浮かべ飛んで来ました。

吉原で一番と言われる白雪太夫の世話を出来る事が、廓の本当の怖さに触れていない彼女にはこの上ない喜びでした。

鏡の中で飾り立てられていく自分の髷結いを見つめながら白雪は思いました。

吉原で、苦労を知らずに育つ猫は居ません。

しかし、それを乗り越えなければ、生きてこの地の頂点に立つなどできはしない。自分が身を持ってそれを知った白雪は、この可愛らしい小さな禿がこの先見るであろう世界を少し可哀想に思うのですが、そこを抜けなければ花魁として生きていけないのだからとまさに陰と陽を内に持った白雪太夫は思うのでした。


半刻のち、大門近くの太鼓が鳴ります。

時触れの太鼓です。

吉原での鐘は禁忌とされています。

報せの鳴り物は、太鼓ですべて賄われているのです。鐘は半鐘以外決して鳴らない。それがこの世界なのでした。

それはこの世界が、浮世とは離れていることの証でもあるのです。

そして、ここに通う男たちは、その太鼓の音に浮世を忘れるのでした。

数匹の禿に、お持たせの荷物を持たせ従え、白雪は身を置く女郎屋を出ました。

最初に訪れるのは、唄のお師匠の所でした。

吉原うちの師匠連は、年季の明けた女郎や囃子方が務めている事が多いのです。つまり、身請けのなかった年寄り猫、まあ、そう呼ぶのもかわいそうな歳であるのですが、吉原では年季が明ければ皆年寄りと呼ばれるのです。

この年季にはいろいろ仕掛けがあり、結局一生置屋に縛られる者が殆どなのですが、自分の食い扶持以上に稼いだお金を手元に残せる身分にはなります。

ですが、結局お座敷に縛られますから、師匠となった姉様猫も、身は置屋預かりのままと言う者も多いのでした。それはそうです、吉原の中に自分の家を持てるはずがないのです。ここにあるのは男猫客を楽しませる建物ばかりなのですから。

手元に金が貯められるといっても、身請けが無かったことで、己の払い終えたはずの売掛代だけでなく、それまでの衣食住の分の代金を別の働きで稼ぎ返さねばならない仕組みになっているから、その額は決して多くありません。

本当に年をとるまでこの地に留まる猫も少なくはないのです。

いわゆる　やり手婆などがその好例なのですが、芸が立っていれば、花魁たちの師匠として各種の芸事を教えその代金を稼げるから、貯まるお金も少しはましです。

白雪が向かっているのも、そんな芸の腕で妹分たちを鍛える師匠たちの所でした。

唄の師匠は、玉菊という綺麗な柄の三毛猫。年を重ねてもその変わらぬ美しさは白雪にとって憧れの女猫でした。

白雪はこの師匠が大好きでした。禿だった頃は、同じ店に置かれており白雪はいつも姉様、姉様と慕ってついて回っていました。

この彼女の愛情あふれるお稽古は楽しみの時間でした。

ある時　玉菊もやはり雪深い山郷の生まれだとこっそり教えてくれたことがありました。

「山郷の雪の深い場所だからねえ、なめらかな毛並みなんだよ。わっちら毛艶まで見られるから、手入れはしっかりするんだよ」

玉菊師匠はそう言って笑った。

今日も丹念に両足先まで毛づくろいを済ませ、師匠の居る置屋に着いた白雪、ゆっくりとその入り口をくぐり、かまちを越え上がり縁で膝をつき前足を揃え白い尾を巻き付け、丁寧にお辞儀をしました。

「本日は、日ごろの練達のお礼に参上いたしました」

禿が持って来たお持たせを、すっと差し出し、自らその風呂敷の緒をするりと解いた。

珍しくもない水菓子だが、この暑い盛りには嬉しい進物でしょう。

吉原にも数は少ないが男働きはいます。それが柵外のお江戸の街中で買ってきてくれたものです。

師匠はにっこり微笑み、お辞儀を返しました。

「ますます声に張りが増したようだねえ、いいことだ、おや、これは?」

師匠は進物の賭け帯に一枚の短冊が挟んであるのに気が付いた。

「拙くはござんすが、わっちのしたためた句でありんすぇ」

師匠は短冊を抜いてその字を読んでみた。

田舎で読み書きを覚えていた猫などこの吉原にはまず居ません。誰もが、総ての教養をこの閉ざされた場所の中で身に着けるのでした。

白雪も、読み書きだけでなく、こんな句を書くだけの才能を吉原の中で自分のものにしました。

すなわち教養です。

師匠は短冊に目を落とすと、不意に涙しました。

「あんたの生きざまなんやねえ、よく頑張ったえ、白雪太夫。いや、おゆき」

短冊には流れるような文字で

『あでやかや　のらをわすれる　きぬのおと』と詠まれていたのでした。

師匠には、きっと幼い日に田舎で苦しい日々を送っていたゆきの姿が思い起こせたのでありましょう。

今こうして、絢爛な絹衣を身にまとう吉原の女猫たちの殆どは、幼い日皆野良着をまとい、泥に汚れた暮らしをしてきた。

今、目の前にいる白雪は、幼き日々の田舎暮らしの影を、微塵も感じさせはしません。

白無垢にくるまれたこの女猫は、吉原一の太夫で、それ以外の何者でもないのです。

そうして生きる道を、白雪自身が選び歩んできたのです。同じ花魁だからこそ　全く真逆なふたつの意味が、一つの句から読み取れるのでした。

ですが、そんな意味をくるむような句を読むほどに教養を得た白雪が出来上がるまでには、それはもう大変な努力が必要でした。

玉菊は、それを知っていました。

最初端唄の音程でさえおぼつかなかった彼女が、誰もが聞きほれる歌を口にし、誰もが振り返るあでやかな舞を身に着け、総ての作法で御大尽を感服させるまでの太夫の座に上り詰めた事を近くで見ていたのです。

死にたいとおもうほど辛く厳しい事があった、でも明日まで生きてみよう……。

おかれる場所を選ぶことは出来なくとも生き方を選ぶことはできる。とあきらめることはなかったのでした。

「よく頑張ったねえ」

玉菊はそう言ったが、白雪は毅然とした顔で答えました。

「男に媚びたり身を任せたような生き方は嫌でありんす。」

「まだ、わっちは自分の芸に満足しておりんせん。これからも精進しますので、習い事は引き続きよろしくお願い致しんす。姉様、姉様はわっちにとって文字通りの恩義のある猫でありんす。どうか体にはお気をつけお過ごしくんなまし」

玉菊は、袖で涙の筋を拭きながら言った。

「お前さんは猫のくせにいつまでも恩義を忘れない子だねえ」

白雪が少しだけ口元に笑みを浮かべて答えた。

「猫にだって、いろいろな猫がありますのんえ」

「この吉原で　あっちが一隅を照らす光でありとうござりんす。」

白雪は一礼し、次の訪問先に向かって行きました。

その背を見つめ、玉菊は思いました。

あれほどのあでやかな花魁、いくらでも身請けの話があるだろうに、何故にそんな噂が聞こえぬのでしょうね。

しかしそれは、白雪にしかわからぬ謎でありました。

次の師匠に挨拶に伺う途中、禿のかえでが白雪に聞きました。

「姉様は、さっきどんな句をお師匠様に渡されたんですか。なんで涙を浮かばせていたんでしょう」

白雪の顔の半分に、その瞬間だけどこか冷たい表情が浮かびましたが、かえでにはそれは見えませんでした。

「ちょいとね、この前お座敷である事があっただけよ、気にしなさんな」と言って本当の意味を悟られないように話し始めた。

白雪が言ったある事というのは、三日ほど前の話でした。

一匹の客が、白雪太夫の評判を聞いたと言って店にやって来たのです。

「何でも信州の山の中から出てきた庄屋の小倅らしいのでありんすよ、手垢のついた小判握りしめて、白雪を呼べと大きな顔をしているそうでありんす」

店横の顔見世で、客が上がるのをみていた後輩の花魁が、まだ奥にいた白雪に耳打ちしました。

このとき、白雪の頭の中に何かが引っかかりました。

それは、もしや……。

「ちょいとさ、悪いんだけど、その田舎の客とやらの尻尾を見てきて、どんな形だったかおしえてくれやしないかえ」

白雪は、その話をしてきた若い花魁にそう言って頼みました。

「はいな、お安い御用でありんす」

若い花魁は、そっと廊下を忍び足で進み、襖を少しだけ開き口元をふくらませ鼻息荒く待たされている、見るからに田舎臭い身支度の客の尻尾を観察しました。

そしてまた、猫足でそっと戻り白雪に伝えました。

「小汚いボサボサで手入れをしたことのないような鍵曲がりの尻尾でありんしたよ」

これを聞いた白雪の目の半分、冷たい色に満ちたそれがキラッと光りました。

白雪はすぐに、女将のところに行き、こう言いました。

「吉原は大門をくぐるとみな平等でありんすが、あちきは、田舎者の客は嫌でありんす。うまく言いくるめて他の花魁をやっておくれなんしょ」と尻尾の先で畳を続けざまに叩いた。

女将は、ああそうかい、とだけ言って店の下働きを呼びました。

その下働きは、先の客のところに行きますと、こう口上しました。

「太夫ほどのお方を座敷に上げるには、相応の身分とお金が必要でございます。この程度のはした金では、とてもとても太夫はお相手できません、どうか他の格下の花魁でもお呼びくださいませ」

身分を持ち込むのは無粋の極み、これには客も怒りだしたが、廊下ですれ違った客の着る絢爛豪華な羽織は、おそらくその客の一年の稼ぎをつぎ込んでも買えぬであろうほど高価な仕立てでした。

彼はこの場では自分は場違いだと思い知らされたのです。

こうして庄屋の小倅の金蔵という猫は、大いに誇りを傷つけられて吉原を後にしたのでした。

それを聞き白雪が漏らしたのが。

「忘れていたものが、勝手に思い起こさせてきても、今のわっちはこうして振り払えます。

なんて胸のすくことでしょう」

しかし、周りの猫たちにその言葉の意味が判るはずもありませんでした。

昼間の挨拶回りが済み、夕刻、どの廓にも賑やかな明かりが灯るころ、玉菊は白雪太夫の置かれた楼閣に、鳴り物方として呼ばれていきました。看板太夫の座敷は大尽の宴席、大枚積んで多くの大夫に芸を競わすというお遊びもよくあることでありました。

年季の明けたお礼奉公中の花魁は、座敷に大勢が呼ばれるような宴では、はした金とはいえ銭が貰えます。これが彼女らにいくらかの余裕を与えているのでした。

この日の座敷も、そんな花魁がずらっと並び、芸を競うものでした。

しかしそれを返してみれば、皆、白雪太夫の引き立て役でしかないのです。

やはり、白雪の芸は図抜けており、この晩の相方を務めた玉菊もなにか胸のすく思いをしました。息の合う二人の深い絆を感じられた次第です。

玉菊は座敷での唄いの伴方役を終えて、店の女将の座敷に顔を出しました。

鳴り物方の役は今夜はここまで、自分の店に戻りお呼ばれがかかるまで待つのですが、店に帰るまでには少々余裕があったからです。

玉菊は女将に言いました。

「今日も、白雪は座敷の掛け持ちでありんすね。あのお大尽を放り出し、次の座敷に行ってしまいましたえ」

煙管を吸っていた女将がぽんとその雁首を手で叩きながらうなずきました。

「吉原一の看板は伊達じゃないってことだよ。本当に、よく育ってくれたよ。白雪は店の誇りだ。稼いでくれる良い猫になったわ」

年老いた女将猫はそう言ってにんまりとほほ笑みました。

いかにもごうつくばりな笑顔です。女将にだけは、猫に小判は通じなく、いじきたなく小判を漁る、そんな感じが笑顔の向こうに覗けていました。

「あれほどの器量と芸の持ち主、さぞや身請け話も多いのでありんしょ」

玉菊が聞くと女将がちょっと顔色を曇らせました。

「あれほどの太夫だからねえ、まあ千両積まなきゃ話にならないって言っても、いくつもの口がかかるんだがね。ところがね、どうしたことか、白雪はどんないい話でも、お断りくださいの一点張りなのさ。まあ、稼ぎ頭を持っていかれるのは癪だから、そりゃいいんだけどね、白雪の気持ちがさっぱり読めやしない」

吉原一の大夫を抱えていれば店は繁盛する。しかし、これを大金で身請けしてくれれば、それはそれで大儲けだ。女将としては、白雪が良いと言うなら、思い切り金をふっかけてやろうと手ぐすね引いている感じでありましたが、どうにも本人が気乗りの様子を見せないから、一気に大枚を稼ぐ機会は当分得られないと、顔色を曇らせた次第でした。

それを見て玉菊がもらしました。

「あれの小さいころ、私が将来身銭稼げるようになったら、その金をあげてでも故郷に帰してやりたいと思ったのでありんすが、私の少ない稼ぎではとてもとても千両なんて無理な話。ある意味、白雪はわっちの手の届かない世界の猫になってしまったのでありんすね……」

女将が、ふっとため息をついた。

「お前さんたちは、本当の姉妹のように仲が良かったからねえ。知らぬ間に、そんな話をしてたのかい。まあ、なんで白雪が身請けを受けないのかって言ったら、その故郷とかに何かがありそうだねえ。

聞きはしなかったが、この前露骨に袖にした客も、あれの故郷にゆかりがあるようだったねえ。お前さんは、白雪から何か聞いてはいないのかい」

だが玉菊は首を横に振りました。

「申し訳ござんせんが、私は何も聞いてはおりません。どんな考えで、毎晩座敷に上がって、日々輝こうと努力しているのでいるのでありんしょね白雪は」

その晩、二組の客席を交互に行き来する白雪の顔に忙しさを憂う色は微塵もなく、座敷で華やかに舞い唄い、客を楽しませることが何より楽しい様子でありました。

三の巻　「ゆきのじょう」

この頃から、江戸の芝居小屋は一か所に集められていました。

先の大火が原因で、多くの火除け地が作られたのですが、取り壊しの容易な芝居小屋はその火除け地の一つに集められたのです。

まあ、人の集まる場所でもあるからこうした広い場所の方が、見張るお上にも都合がいいわけです。

居並ぶ小屋の中でも、ひときわ客が入るのが、いま勧進帳を興行している歌舞伎山猫座でした。

お客のお目当ては、無論弁慶役の看板役者、と思いきや、なぜか多くの女猫等が押しかけ、二枚目看板である九郎判官役の役者に熱い視線を送っているのだった。

「やれやれ、今日も客は安宅関《あたかのせき》で身を縮めている義経見物かね」

座主《ざす》があきれたという感じで客席を見て言いました。

その美しい目鼻立ち、すっとした出で立ち、尻尾の先の茶色がしなやかにうねってピンと跳ねる決め姿に、女性客だけでなく、大向うの客席から、じっと動かぬ義経に掛け声がかかります。

「よ！　寝子屋《ねるこや》！」

飛び切りの二枚目役者なのですが、芝居にえらく幅のある役者で、たとえ三枚目に落ちてもきっちりこれを演じきります。女形をやらせても、美しき舞とそれはそれは艶やかな流し目で客を虜にします。

これには主役もやりにくそうです。

「雪之丞《ゆきのじょう》人気は生半可じゃありませんねえ」

小屋の下足番がくっくと笑いながら言いました。

「大看板が不機嫌にならなきゃいいんだがね」

座主が心配するのですが、その大看板すでに舞台の上で仏頂面を見せている始末です。

しまいには、端役なのに立て看板すら食ってしまうほどの外連味《けれんみ》ある芝居をしてみせるほど派手に他の役者を圧倒するのでした。

客たちは、その美しい目鼻立ち、所作事に魅了され、何度も何度も彼の舞台に通うようになるのでした。

雪之丞の人気は芝居の舞台の上のそれにとどまりませんでした。

彼の日ごろの破天荒な遊びっぷりが評判を呼び、これはこれで多くの贔屓筋を抱えるようになっていたのです。

とにかく雪之丞はどこに行っても大騒ぎをすると、町雀たちは江戸の隅々までその噂を広めていました。

そんな歌舞伎役者らしからぬ放蕩をする若手役者を快く思わぬ先輩役者も当然大勢いました。

「所詮は何処の馬の骨かも判らぬ旅役者上がり。いなせな遊びを知らぬガキよ、あれは」

いつも芝居を食われてしまう先輩の一匹はそう言って、雪乃丞をさげすんでみせました。

そう言うのにも理由があります。雪之丞の遊び方は他の役者のそれとはまったく違っていたからです。乱痴気騒ぎの意味自体が違っているのでした。

先輩役者たちは、大きな料亭や最初から岡場所に出かけ、幇間《たいこもち》の芸や芸者の踊りなどを肴に酒をたしなみます。ここで言う馬鹿騒ぎは、その座敷のうちでのお話です。

ですが雪之丞はこういった遊び方を、堅っ苦しいと嫌っていました。

雪之丞はいつもひいきの客や駆け出し役者を伴い、安い酒を出すぼろ暖簾を掲げた徳利居酒屋に繰り出すのでした。

そして、その場で酔いに任せて踊り出したり、何処からか三味線を持ってきて都都逸や端唄を歌いだしたりするのです。

その様子があまりに野放図で、たまに店の周りが大騒ぎになることから、目に余るとばかりに十手持ちの手下である下っ引きなどが飛んでくることがざらでありました。


「どうかね、他の役者のように静かに茶店なりに上がるとかはできんか、安酒屋で踊り明かすとか、歌舞伎役者としちゃいかがなものかと、あちこちから苦言が来ておるのだ」

座主も、これには正直困り果てている様子でした。

面と向かって言われても、雪之丞は帯の腰に吊るした煙管入れの根付、その土で出来た土鈴をいじりながらこう返すのです。

「いや、無理でござんすよ。諸先輩方の仰る通りあっしは下賤の出身、乱痴気やらねえと遊びにならねえんです」


時には本当にその乱痴気の度が過ぎる事もありました。

この晩が、まさにそんな感じでありました。

狭い飲み屋の小上がりで、雪之丞が踊りを始めたのです。

見事な女踊りを、手ぬぐい一つ被っただけで舞っています。

すいっと扇を返し身をひねると、腰の土鈴がコロンと音を立てます。茶色の尻尾がぴんと跳ねます。

その鈴の音だけで踊りは艶やかに見えました。

あまりに見事な舞に、店の外から覗いた者が、あれ雪乃丞が舞っていると、方々に言い広めはじめました。

すると、それを聞きつけて四方から、大勢の町猫が店へと押し寄せてきたのです。

この数が、その晩は特に尋常ではありませんでした。中には雪乃丞に合わせ踊り狂う者も出る始末。

あの今を時めく人気役者雪乃丞がそこで踊っているのです。数えきれない女猫たちが、飲み屋の安普請の格子窓を押し破らんばかりに群がりました。

「こいつは、いけねえな……」

さすがの雪之丞も、これだけの数の者に取り囲まれると、ただではすまぬと覚悟を決めた様子で漏らしました。

その予感は当たりました。

いつもなら下っ引きが、どけどけ、とばかりに十手をひけらかせば霧散する群衆が、この日は頑として引きません。

「雪之丞を見てるんだ」

「何も悪いことなんてしてないわ」女猫達は尻尾を膨らませ牙をむき出しで怒りだす始末。猫も杓子も、勝手の言い分を口にし、飲み屋の前から動きません。

野次猫の数は逆にどんどん増える始末です。

もはや問題の雪之丞がいる店がどこかもわからないほど、見物猫は増えていました。

これはだめだと、下っ引き猫は番所に駆け戻り、そこからさらに奉行所に使いが出ました。

この結果、ついには本職の十手持ちの大本。つまり奉行所の与力がやって来てしまったのです。

奉行所の役人でも、与力は一格上の存在。町の者は逆らえるはずもない本物の侍です。

押しも押されぬ　旗本猫です。

「これは何たる騒ぎ、申し開き次第では奉行所にしょっ引き吟味いたすぞ」

与力の恫喝に、群衆は蜘蛛の子を散らすように掻き消えたのですが、店の中で踊っていた雪之丞とその取り巻きは、居残らされてしまいました。まあ、騒ぎの張本人ですから当然でしょう。

さて、ここは何とか切り抜けねばと雪之丞　頭をめぐらすのですが、先手を打ったのは与力猫の方でありました。

「貴様、昨今江戸の町民をにぎわす役者の寝子屋雪之丞と見た。これまでも、幾度か貴様が起こした騒乱の次第が目安に届いており、奉行ですら知るところとなっておる。此度の件と合わせ、きっちり申し開きを聞き届け、処罰すべきか思案するぞ」

なんとまあ、雪之丞の乱痴気騒ぎは、既に町奉行の耳にまで届いていた次第でありました。

こりゃ駄目だ、素直に引くしかないと雪之丞は諦め頭を下げた。

「申し訳ございませんでした。この騒ぎは総て、手前が原因です。どのようなお叱りを受けても相仕方ない事と心得ておりやす」

雪之丞が反抗するのかと思っていたらしい与力は、借りてきた猫のようにしおらしく頭を下げた彼の姿に意外そうでしたが、直ぐに問いかけてきました。

「かように素直に頭を下げるのに、なぜ乱痴気を辞めようとしないのだ。そこら辺の仔細を語ってはくれぬか」

雪之丞がかしこまって話を始めました。

「まずは手前の身の上から聞いておくんなさいませ」

与力はうなずきました。

「良いだろう、語ってみよ」

雪之丞は一礼し、長い話をはじめました。

「手前は、育ちが悪うございます。信州の山の中の貧しい貧しい寒村で幼い頃を過ごしました。本当にひなびた村で、私ども子猫の遊び道具といえば、春は猫柳の蕾、夏は猫じゃらし、秋はすすきの穂なんてものしかありませんでした。ですが、その生まれた村の内で郷の庄屋に手前の家が睨まれまして、いろいろ吹っかけられ男兄弟の食い扶持を保てなくなったんでござんす。手前は口減らしとして江戸の日本橋にあります鰹節問屋に丁稚に出されました。しかし、丁稚とは名ばかりの小汚い身なりでの裏仕事の毎日、他の子猫たちが四年で年季明けお礼奉公を四年、併せて八年あれば手代として雇ってもらえる確約があったのに、手前だけは一生無給での奉公を言いつけられ、それが嫌で夜逃げしやした。しかし、ガキの身で何が手にあるわけでなし、真っ黒に汚れひもじく三途の川を渡りかけていたところ、たまたま河原に小屋掛けしていた旅役者の一座に拾われたのです」

与力が「ほう」と言って雪之丞の話に聞き入りました。

「その芝居一座を率いていました銀次郎、役者名を夢屋銀次郎と申しますお方が手前の命の恩人でしたが、これが厳しく手前に芸を教えてくれやした」

「なるほど、それがお前さんが芸道に入ったきっかけかい」

雪之丞は頷きました。

「正直手前にそんな才能があるとは思いもよりませんでしたが、銀次郎座長は筋が良いと、いろいろな芸事を手前に叩き込みました。すると、いつしか踊っていることで我を忘れ、楽しくなるのに気づいたのでございます」

与力はふむふむと頷いてみせた。

「ただ、旅一座は決して豊かな所帯ではございません。まれに路銀が途切れれば、口に出すのをはばかるような仕事すらやらなければなりやせんでした。そんな暮らしの憂さを晴らすのに、安いまたたび酒を飲み、量が飲めぬ貧乏ゆえに踊り明かすことで酔いを増すと言った所作を覚えやした。困ったことにこれがいまだに身から離れねえんでございます」

「すると、飲めば踊ると言うのが身に付き離れぬと申すか」

雪之丞がこくりと頷きました。

「手前は踊りが好きでたまりません、舞台で舞えればそれでいいというわけでなく、普段でも機会があれば踊り明かすそんな生活が心底染みついております。今の歌舞伎の一座に見いだされ、ついには山猫座に看板を掲げられるようになれたのも、この踊りの賜物でしょう。ですから、手前は飲んで踊ることにも誇りをもっております。たまたまに、その周りに見物の衆が群れてしまう。それがまあ、騒ぎの正体でございますよ」

与力が、やれやれと頭を掻きました。

「無類の踊り好き。いやこれはもう踊り馬鹿とでも申せばいいのか」

「左様でございます、馬鹿が似合いでございましょう。酒の一口で幾らでも踊ってしまうのでございますから」

与力の言葉に雪之丞は素直に自分を卑下してみせました。

「しかし、歌舞伎に身を投じるにはいろいろ迷いなどもあったであろう。それまでの旅芝居とは全く違う、この江戸に腰を据えての興行や、歌舞伎ならではの芝居も身につけねばならなかったはず。お主も相当な苦労があったのではないか」

与力の言葉に雪之丞は、大きく頷きました。

「人様に苦労を語るのは好みませんのでね、これまで誰かに漏らしたことなんぞありません。しかし、多くの嫌がらせや、あからさまな圧力なんてものもござんした」

「それも、この騒いで飲むことと関連あるのであろう」

「お察しの通りで」

雪之丞は素直にこれを認めました。

与力はしばらく腕組みし、思案しだしました。

そしてこう告げたのです。

「お主の酒の飲み方をどうこうというのは、正式に咎めをすることではない。しかし、こうも町雀どもが群れるのも考え物だ。少しばかり芝居小屋に謹慎し、その先はそうだな女どもが群れる心配のない場所にでも河岸を変えて飲み騒ぐのだな」

雪之丞がちょっと困ったという顔をしました。

「与力様、その女たちの群れる心配のない場所とは、何処でございましょう」

「決まっておろう、女人禁足で飲める場所と言えばあの吉原だ」

話を聞いていた取り巻きたちが、一斉に「ああ」と頷きの声を漏らしました。

しかし、雪之丞はあまりいい顔を見せません。

そう言えば、取り巻きたちは雪之丞が女を買ったという話を聞いたことがありません。

いい年の筈だが、浮いたうわさも全く聞こえてきません。

何かが、心の中にあって、これまで岡場所吉原を避けていた様子でした。

裏では、雪之丞は男色だ、男が好きなのかとさえ囁かれ始めていたのです。

しかし、そんな事情を知らない与力は、自分の授けたのが最善の策だと信じ、雪之丞に釘を刺しました。

「良いな、市井の女猫どもが群れるような場所では、禁酒だ。これは、守れ。もう一度こんな騒ぎがあったら、お前を捕らえるか、座主を呼んで叱責せねばならん。そうなれば、文字通り寝子屋の看板に傷がついてしまうであろう、いいな。言いつけ必ず守れ」

この言葉に、雪之丞は黙って頭を下げるしかありませんでした。

その晩から数日、連夜放蕩していた雪之丞は、山猫座の小屋からぴたりと動かなくなりました。

与力の言いつけを守った格好です。

しかし、無類の遊び好きが大人しくしているのもそろそろ限界のようでありました。

「踊り足りねえ」

舞台が引けた後もそう漏らす雪之丞の姿を皆が見ているのでした。

飲んで踊りたいのは間違いありませんでした。

先輩芸人は、おとなしくしている雪之丞の姿を見て裏でほくそ笑んでいます。

良いざまだとでも思っているのでしょう。

ふつう、歌舞伎の者は家筋に入り、名をもらいうけます。しかし、雪之丞が頑としてこの雪之丞の名を使いたいと、なんとしても役者名に雪の字を入れたいと言い通し、周囲を驚き呆れさせました。思えば、それが先輩たちが雪之丞を煙たく思い始めるきっかけであったかもしれません。ですが、芸で結果を出され、めきめき頭角を現した雪之丞に誰も正面から文句が言えなくなったのでした。

何より正直に客が押し寄せている事実が、先輩には癪でたまりませんでした。

その雪之丞が己の不始末で謹慎させられたのは、彼ら先輩にとっては胸がすく出来事だったわけです。

しかし、あまりにこう萎《しお》れられると、周囲もさすがに心配と言う者が勝ってくるようでした。

与力が言った謹慎ももう解いて構わないんじゃないか、座主も見かねてそう声をかけます。

だが、雪之丞の中には何か煮え切らないものがあるようでした。

「そうですね、そうなんですがねえ……」

すんなりと頷かない雪之丞に、座主も他の役者も首を傾げました。

いったい彼の中にどんな思いがあるか、量りかねているのです。

「雪之丞さん、そろそろ吉原に繰り出してもいいんじゃないですかい」

取り巻きの贔屓筋が、小屋に顔を出しそう言うと、まあ懐を預かってくれている相手ですから、にべにもできません。

それまであまり近づくなと言われていたものを、座主がこっそり裏で顔を出すよう促したのですが、無論雪之丞はこれを知るはずありません。

「うん、まあ、そうだな……」

腰を上げないと角が立つとしれている。それなのに、ここでまでも、やや口ごもる雪之丞なのでした。

ですが、雪之丞を担ぎ出したい取り巻きは、強引に彼を小屋から引きずり出しました。

「さあさあ、美味しいお酒でひと踊りも乙なものでしょ」

男たちは、無理に雪之丞の手を引いて、大川の土手を吉原目指して歩き始めたのです。土手の堤には北の空に向かってたわわに花穂をつけた猫柳が枝を揺らしておりました。

雪之丞の根付の鈴がコロンコロンと音を立て、彼の歩みを彩っていました。

ただ心なしか、その音は寂しく聞こえたようにも思えました。


大門をくぐる頃には、雪之丞の周囲の者は勝手に盛り上がっていました。

「さあさあ、どの廓に上がります」

「早く決めないと、袖を引かれて変な店に連れて行かれちゃいますよ」

廓をよく知る取り巻きたちが、口々にそういうのですが、初めて大門をくぐった雪之丞には、何をどうすべきか判りません。

表情もあまり気乗りの色もなく、雪之丞はただこう言って答えました。

「なんでもいい、酒が飲めて、踊れる座敷があればそれだけでいい」

この言葉に、周りの者は顔を見合わせました。

「ここまで来て、遊郭に行かないと言うんですかい」

雪之丞は頷きました。

「手前は、酒を飲む場所として此処へ行くよう言われた。だから、酒さえ飲めればそれでいい。飲んだら踊る、それが雪之丞だ」

まあここで主役の言葉を無下に出来るはずもありません。

吉原の中には、確かに茶屋があり廓に上がる前に此処で酒をたしなむ者も少なくないので、景気づけ茶屋度胸づけ茶屋などと呼ばれているところです。

ではでは、と取り巻きたちは雪之丞の背を押して茶屋の一軒に入っていきました。

いつもなら、でんと三合徳利が出てくる所で飲んでいる雪之丞ですが、入った店では美しい焼き物の細口な小ぶりの徳利とお猪口が出され、この時点でもう雪之丞は何処か興が削がれた感じで腕を前に、力なく横たわっていました。耳と目だけで回りを見回し、居酒屋の隅に飾られた一本の猫柳をみつけると、言い知れぬ思いが湧き上がり体の中に押し込めていた衝動で尻尾の先がピクピク動きます。ゆっくりと畳に爪を立てお尻をつきあげ大きく背筋をそらし、大きく口を開けあくびをすると。

「踊るぞ、鳴り物なんていらない、適当に合いの手でも入れてくれ」

そう言うと雪之丞は、扇子を開き座敷の上座ですっすと舞い始めました。

動きに合わせ、コロンコロンと腰の土鈴が鳴ります。

見事な舞に、取り巻きたちが感嘆の声を上げました。

その声に、座敷を覗き見た店の者が、やはり見事なその所作に驚き、瞬く間に吉原の中にうわさが駆け巡ったのです。

歌舞伎役者の寝子屋雪之丞が、吉原の中で酔って舞い踊っている。これからどの店に上がるのだろう。

噂だけでしか聞いたことのない二枚目歌舞伎役者の吉原参内に、花魁だけでなく、まだ客のつかぬ禿や下働き猫たちでさえ、そわそわし始めました。

狭い柵のうちの事、うわさはあっという間に各店の裏から広がっていきました。

そんなことつゆとも知らず、雪之丞はただ舞い続けていました。

無心に踊る。

これまで、吉原に近寄らなかったのは、彼が自分で勝手に立てた操の所為でしそれが、雪之丞に女と言うものを意図的に避ける機会を与えてしまっていたのかもしれません。

踊るにつれて鳴り響くこの土鈴が、言ってみれば雪之丞のこれまでの生き方そのものを支えてきました。

雪之丞はようやくに歌舞伎という世界で一輪の花として開こうとしていました。

ですが、その花を咲かせるのは、どうあっても難しいと彼は知っていました。

雪之丞の酔い始めた頭の中に過去の出来事が走馬灯のようにぐるぐる回ります。

激しく舞い、土鈴が鳴るほどに、雪之丞は陶酔していったのでした。

まるでこの土鈴の本当の持ち主の面影を頭の中で追うかのように。

四の巻　「白雪太夫と雪之丞」

白雪太夫は座敷を抜けて、かすんだ美しい朧月夜を眺めながら、一人廓の二階の窓辺で吉原の目抜き通りを眺め降ろしていました。

どこか気乗りのしない客だったので、風にあたって来ると告げ堂々と抜けてきたのです。吉原一と言われる太夫だからこそ許される客への仕打でした。普段から、こういったことをしているので、あの金蔵という客のときも別に周囲も不思議には思わなかったのです。

太夫ともなると、客はその機嫌を取らねば、酌の返杯すらしてもらえません。吉原におけるさし飲みとは、客と遊女が返杯を重ねることで成り立っています。それを拒むという事は、袖にされたという事であると皆が心得ています。

そうなれば座敷に上がるとき払った、驚くほど高い太夫の華代は総てが無駄に消えた事となります。顔も拝めずお金だけ取られる、それがまかり通るのが花魁のいる廓の世界なのでした。

どんな大枚を積んでも、この吉原の中で太夫の気持ちまでもは自由に出来ません。

一度嫌われれば、何度座敷に太夫を呼んだところで、口も開いてはくれません。

白雪の絹毛のようになめらかな毛並みと柔らかな桜色の肉球を拝めるのは限られた客。

そんな気分に任せた接客が許されるからこそ、誰もが太夫になりたいと願い競うのでした。

花魁にも程遠い、場末柵際の安い女郎たちなどは、一本の線香の灯る間に男に春をひさぎ、金を得ます、そこにえり好みなど出来る余地があろうはずもありません。それが生きていく手段なのですから。

普通の花魁も座敷では客にいろいろな無理を言われます。踊れぬ踊りを求められ、歌えぬ歌を所望され、裏で泣く花魁は数知れないのです。

だが、太夫の座を射止めればすべてが逆転します。

太夫は文字通り店の看板。これに無茶をしたら、どんなお大尽様でも吉原への出入りが禁じられてしまいます。

しかし、大夫になったからと言って何でも自由になるわけではありません。何より彼女らは、遊女である限りこの吉原の柵の中から一歩たりとも出ることを許されないのです。足抜けは否応なしに死罪なのです。十両盗めば死罪という取り決め同様、遊女たちは身請け以外に柵を抜けるのは許されない

身請けされることなくこの地を離れるには、生きることを諦めるしかありません。

ただし、死んでも遊女は弔ってもらえはしません。亡骸は、打ち捨てるように投げ込み寺と呼ばれる近隣の寺にそっと置かれるだけ。寺が好意でその骨を焼いてはくれますが、墓はなく遊女だった猫はまとめて同じ場所に骨壺を収められるだけなのでした。

芸に恵まれなかったり器量の整っていないがために客の取れない娘猫たちは、時に禁断の恋心を客に寄せ、その結果客と心中するといった話も珍しくはないのでした。

結局それは、一緒に死を選んでくれた男を不幸にしただけの行為。許されてしかるべきではない。そう考えていたのです。

いつか自分を身請けしてくれる男がいるかもしれない。そう願い、客に媚を売ることに執心する女猫もいます。

ですが白雪太夫は、客に進んで媚を売ったことはありませんでした。それなのにこの地位に上

り詰められたのは、奇跡とも言えることでしょう。

贔屓客を作るため、恋を匂わす、媚を売る。それは花魁の言ってみれば常套手段。これをせずに、太夫になった白雪は、特別の存在であるとしか周囲の花魁には思えませんでした。

この場所に送り込まれ、きれいな姉さん猫の中で過ごしてゆく日々の中で白雪の出した答えはそれ一つだけでした。だからひたすら芸に打ち込み、美しさに磨きをかけ誰もが認める存在としてこの吉原で咲き誇るのです。

総ては在所から連れて行かれる時の親猫からの言葉、親のくれた器量と誰もを魅入らせる色違いの双眸《そうぼう》、手入れを怠ることなく磨き上げた被毛、ぷっくりとした桜色たわやかな肉球。自分で血のにじむ苦労で身に着けた芸のおかげ。

総見での踊りで、客の落とした身銭の額で群を抜き、ついにこの頂点の座まで上り詰めたわけです。

猫を被らない白雪が、猫を被った他の花魁猫に勝った、自分の力で花魁という花を咲かせたのです。

そう、それは間違いありませんでした。

しかし、
私の花は本当に咲いたのだろうか。

そんな疑問が、頭の隅から離れないのでした。

団扇を仰ぎなおしながら慌てて振りほどくように白雪は首を振りました。

いや違う。

白雪は、決して忘れてはいけないのに忘れかけていた大事なことを思い出しました。

夜風にあたりながら、白雪は遠い昔に死に別れた姉の事を、その頭に思い浮かべました。

傍らにいたのはお姉だ。


いつも一緒だったお姉は、あの土鈴の音なのだ。

お姉の姿と土鈴の音を思いだしてしまった。

そう思いだしたとき、言いようのない悲しみが、とめどなく沸いてきました。

ここに連れて来られるときには、もう首に土鈴はなかった。

もし土鈴が手元にあったら、お姉は今も傍らで自分を見守ってくれていたであろうか。

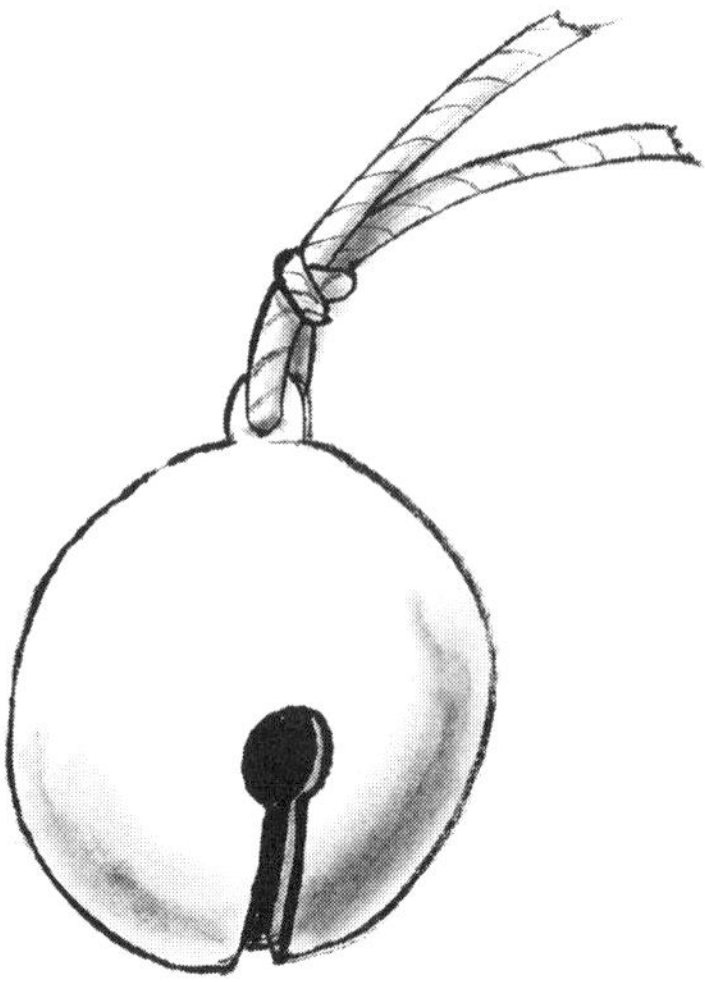

しかし、その姿も思い描けぬほど、お姉の姿は霞んでしまっていました。

それもまた悲しかった。

『あでやかや　のらをわすれる　きぬのおと』

それは自分を悲しむ句でもあったのです。

忘れたいもの、忘れてはいけないもの、いろいろなものが入り混じり、そして白雪の中で千千乱れ、金と碧青の双眸から涙を浮かべました。


その時でした、廊下を下働きの少女が通りかかり、白雪に声をかけました。

「太夫、またお客を袖にされたのでありんすか」

白雪は慌ててその子に見えぬよう涙を拭い、何事もなかったかのように言いました。

「さあ、気が変わったら座敷に戻るかもしれないし、まだ判らないでありんすよ」

そう答えた白雪だったが、戻ろうという気は少しも湧いては居ませんでした。

その時涙をかき消すように表の通りが　より一層ざわざわとうるさくなりました。

「あれは何の騒ぎでありんしょ」

白雪が不思議そうに道を見下ろして言いました。

下働きの子が、ひょいと下を見て慣れない花魁言葉で言いました。

「ああ、なんでも吉原に人気者の歌舞伎役者が来ていて、茶屋で舞を踊っているそうなんでありんすよ。どこの廓の遊女も窓にたかって、その姿を一目見ようと騒いでいるそうでありんす」

その言葉使いに昔を思い出し、丸めた手を口の前に置き、クスッと笑いました。

「あぁ——歌舞伎ねぇ……」

それは、かわら版でしか知る事のない世界でした。

「たしか、寝子屋雪之丞とかいう役者だそうでございますよ」

「ゆき……のじょう……」

何であろう、白雪の心に響くものがありました。

猫の世界、雪の名を持つ猫は五万といます。

そんな中の一匹でありんしょ。

そう思った時でした、遠くから雑踏の中を縫って来るように　その音は聞こえてきました。

コロン・コロン・コロンコロン……と後ろ向きの耳に。

その音を聞いた瞬間、ふり返った顔と耳は雑踏越しの音を聞こうと少しずつ前へ前へ。

口元はぷっくり膨らみ　肉球は汗ばみ白雪の全身の毛が逆立ち硬直しました。

白雪の脳裏いっぱいに先ほど思い出していたお姉の笑顔、そしてさらにもう一匹、男の子猫の顔が浮かびました。白雪の全身が硬直し　ふり返った顔と耳は全身全霊で音のする雑踏の方へ。

「まさか……」

音の聞こえたのは下の道、そこに視線を向けた白雪は思わず団扇を取り落としました。

独りのふらふら歩く男猫の姿。

音はその腰から聞こえてきます。

上からで確《しか》とは見えないのですが、その男の目鼻立ち、先だけが淡い茶色の縞の尾、間違いなく見覚えがありました。

白雪は慌てて目の前の襖を開きました。そこは文机の置かれた控えの間です。

彼女は筆を握り墨壺に穂先を浸すと、一気に紙に一文をしたためました。

一瞬きょろきょろ部屋を見渡した白雪は、花瓶に刺さった猫柳の枝に気づき手早くそれを引き抜くと、先ほどの下働きの少女を大声で呼びました。

ああ、急がねば。

白雪が、少女に早く早くと来るのを急かしました。


生まれて初めて吉原に踏み入った歌舞伎役者寝子屋雪之丞は、座敷でひと踊りしてみたが、どうにもすっきりした気分になれず、取り巻きの目を逃れ、こっそり茶屋の座敷を抜け出して独り踊りながら中之町を歩いていました。

どうにも居心地の悪い場所だったようです。

吉原は男と女の逢瀬の場所ですが、金を積んでそんなことをするという考えは、雪之丞にはまったく起こりませんでした。

雪之丞の心の中には、常に一人の少女が住んでいたのです。

軽い酔いの中　雪之丞は考えます。

自分が奉公先に追われたのは、庄屋の倅金蔵が親に自分の家へ圧力をかけるよう仕向けたからだということを、雪之丞は理解していました。

ですが、どんな苦しいときも、雪之丞は鈴を手放さなかったのも確かです。

どんな苦しいときも、手放さなかった鈴。

酔いで軽い千鳥足の雪之丞、今夜はふらりふらりと体が揺れるたび、腰の根付の鈴がなり、まるで誰かを呼ぶように鳴っているのでありましょうか。

コロンコロン……。

今夜の雪之丞には泣きじゃくるゆきの顔が脳裏に浮かびます。

それを思い出す自分がおかしくも思えました。

その時でした。

「あの、もし……」

一匹の少女猫、どうやら何処かの廓の下働きらしき娘が雪之丞の前に立っていました。

「あん、俺様に用があるのかい」

「これ、太夫から、渡してくれって言われて……」

少女は、猫柳の枝を差し出しました。そこには一本の文らしき紙が結わえてありました。

なんであろう？

雪之丞はそれを受け取り、紙をほどき開いてみました。

夜でも外の灯が煌煌とした吉原ですから、文字を読むのは容易いことでした。

其処には、流れるような文字でこう記されていました。

『なつかしき　すずのおときき　たずねたし　そのすずは　いずこにて』

文字の下には、文をしたためたらしき相手の名がありました。

「白雪……」

吉原に縁のなかった雪之丞は、寡聞にして相手が吉原一の太夫であるとは気付きませんでした。

ですが、紙に記されたその名を口にした瞬間、貰った文の中身と一致するある少女の顔が脳裏いっぱいに浮かんだのです。

それは、先程思い浮かべたのとまったく同じ顔。

「そんな、まさか……」

雪之丞は目の前の少女に問いました。

「これを寄越した相手は、何処にいる」

少女は、先ほど雪之丞が通り過ぎた一軒の廓を示しました。

「あ、あそこの店に……」

それを聞いたとたんに口ひげは周りの空気を吸い寄せるように広がり、耳を小さく後ろに畳んで身構えた雪之丞は人混みの中を右へ左へ、地面に深く爪を立て走ります。

君はそこに、そこに居るのか！

思い描いた相手の名が口をつきます。

「ゆき！」


白雪は下働きの子に大急ぎで書いた文を枝に結わえ持たせ、土鈴を響かせていた男を追わせると、真っ白な尾を天に突き上げ耳を桃色に染め、階段を転げるように降り、顔見世の部屋に飛び込みました。

そこに詰めていた、下っ端の花魁たちが驚きの声を上げました。

「あれ、太夫は店開けの時にしかここに居らんでよいのでありんしょ、どうされました」

「いいのよ、そこどいて頂戴」

白雪は、わざと灯を暗くしてある顔見世の為の格子窓の際に走り寄りました。

程なく、道を必死に駆けてくる若い男の姿が見えてきました。

その駆ける姿に合わせ、コロンコロン、あの幼い日、耳に馴染んだ音が近づいてくるのです。


ああ、懐かしい音。決して聞き違えるはずのないお姉の土鈴の音。

遠くとも、もう見紛うことはありませんでした。

駆けてくる、あの人が。

白雪太夫は叫びました。

「又吉さん！」

廓に向けて駆けて行った雪之丞は、その顔見世の格子窓に白い影を認めました。

暗い顔見世の内にあっても、その白さは際立っていました。

まるで雪のように白いその毛並み。

かつて心を寄せながら素直にそれを告げられず、約束を果たせず自分を責め続ける事になった相手。

そして、雪之丞の耳に、役者になったあの日に捨てた、親にもらった己の名が届いたのです。

「又吉さん！」

誰も知らぬ名を、大声で呼ばれました。

呼ばれると思ってもいなかった場所で。

又吉という、ありふれた名が、雪之丞を格子窓に文字通り飛びつかせました。

間違いありませんでした。

格子窓にしがみつき薄暗い中を覗くと、雪之丞は相手の顔をしっかり認める事が出来ました。

見紛《みまが》うことはありませんでした。

別れすら告げられず、約束を果たせなかったあの可憐な少女は、今、眩しいほど美しい花魁となり目の前にいました。

同じ妓楼の遊女たちは道行く男猫に手招きをしながらも耳だけはこの二人の出来事の方にしっかと向いています。

互いに相手を認めた二匹は、ほぼ同時に相手の名を、幼い日呼び合ったその名をもう一度叫んでいました。

「ゆき!」

「又吉さん!」

細い格子の間から、互いの汗ばんだ肉球同士を合わせると、二匹の猫は満面に笑みを浮かべながら同時に落涙し始めました。

話すべきことは山のようにある。

だが、まずこれだけは言わなければ。

雪乃丞は、腰の根付を取ると、白雪大夫の前に差し出しました。

「鈴、やっと返せる……」

白雪は何度も何度もうなずき、その鈴に手を添えました。

「ずっと待っていた……」

あらゆる時間が二匹の中で急速に巻き戻っているかのような無言の時間でした。

二匹はその後も黙って見つめあっていましたが、まず雪之丞が聞きました。

「ゆき、もっと話をしたいどうすればいい」

廓に上がったことのない雪乃丞に作法などわかるはずがありませんでした。

「又吉さん、お金は……」

白雪が聞くと、雪乃丞は笑いました。

「これでも売れっ子歌舞伎役者なんだ、たんと持っている」

このときようやく、白雪は下働きの少女が言っていた二枚目歌舞伎役者の雪乃丞が、又吉であるとわかりました。

「なら、廓に上がってわっち……あ、あたいを呼んでくれといえばいいの」

「わかった！　そ、そうだ、お前の今の名は？」

「白雪、白雪太夫」

雪之丞は大きくうなずき、店の表玄関に駆けていった。

店の者は、いきなり駆けて入ってきた客が、太夫を呼んでくれと叫んだのにも驚きましたが、相手がすぐに歌舞伎役者の寝子屋雪之丞だと判り、それはもう上を下への大騒ぎになりましたが、下足番が、「ささどうぞ」と雪之丞を上がらせるや、いきなり店のしきたりを破り白雪太夫が店先に飛んできました。

そして見目麗しき男女二匹が見つめ合った次の瞬間、白雪太夫はその場で膝つき崩れてしまいました。

「あれ太夫、どうしました！」

廓のものが大騒ぎし、雪之丞も駆け寄ります。

「どうしたんだ、ゆき」

雪之丞が聞くと、白雪は、いや、ゆきが答えました。

「夢がうつつになりんした……」

「あれっ、腰が抜けました。眼の前に、目の前に又吉さんがいるから、嬉しくて、嬉しすぎて……」

雪之丞、いや又吉が微笑み言いました。

「そうか、座敷というのはどっちだい、そこまで俺がおぶっていくよ」

「無理を言わないで、あたいも大きくなったし、この前に結んだ帯が邪魔でしょ」

ゆきがそう言うと、又吉は笑いました。

「何を言ってる、猫背なんだから帯があろうと関係ないし、ゆきは今でも、あの河原で泣いていたゆきのままだ」

そう言うや、又吉は背中を差し出し、ゆきを背負いました。

その背おわれた白雪太夫に廓のものが聞きました。

「太夫、先に上がっていた客はどうしましょう」

うっとりとした顔で雪之丞に背負われた白雪太夫は、遊女の顔で答えました。

「そんなもの、朝まで独りにしておきゃよござんしょ」

ゆきと又吉は、店奥の座敷へと消えていきました。
寝子屋雪之丞、これが生涯でただ一度の廓への踏み入りとなったのでした。

五の巻　「ゆきと又吉、ふたたび」

歌舞伎の芝居がはけ、多くの客が小屋から吐き出されてきました。

客たちは口々に言いました。

「化けたねえ」

「ああ、化けた化けた」

客たちがそう言いあうのは、この日の大看板を背負った雪之丞の事でありました。

あの日、吉原から戻った雪之丞は翌日からあれほど好きだった酒を断ち、乱痴気騒ぎを一切封じ、芸の稽古に打ち込んだのでした。

雪之丞が廓に上がったという話はすぐに江戸中に広まったのです。

それは吉原のみならず、一枚のかわら版を丸く囲んだ町猫達の姿があちらこちらで見られました。

これはこれで不思議なもの。山猫座の女客は減るのかと思えば、女猫心の裏表、考えている事はわからないもので、雪之丞が廓に上がるなら少なくとも男色ではない、ならあたしにも言い寄る機会があるやもしれぬ、とばかりに以前より大勢の女客が押しかけるようになったという話でした。

そして、まさに廓に上がったあの日を境に、まるで何かから解き放たれたように、生き生きとした動きを見せるようになった雪之丞、その芸の技はみるみる上達したのでした。

彼は迷いがなくなっていました。

ずっとずっと果たせなかった約束を果たし、自分に成すべき新しい目標を見つけたのです。

それは、絶対に果たすと誓った新たな約束でした。

そして秋を迎えるころには、まるで別の役者かと思うほど骨の太い歌舞伎役者雪之丞が生まれていたのでした。

その素晴らしいとしか言えぬ演技に、これまでいくらか遠巻きに見ていた男客たちも、これはとばかりに大向うから寝子屋の掛け声を発する贔屓へと変わっていったのでした。

そして、この日の舞台も大入り満員、大拍手の中で終わったわけです。

どの客も口々に、寝子屋は変わった、大きく化けたと言って帰っていくのでした。

幕が引かれた後の舞台に残り、独り見得切りの鍛錬をしていた雪之丞の元に座主がやって来ました。

「見事な芝居だったよ、ほれ、これはお前さんの分だ」

そう言って手渡すのは大入り袋です。

丁寧に頭を下げこれをありがたく頂戴する雪之丞に座主は言いました。

「本当にお前さんは変わったねえ。これまでは、どんな芝居でも何か一段上から斜めに自分を見ているような役者だったが、今のお前さんはしっかりと地に足がつき、それを芸の肥やしとしているようだ。これなら、お前さんが約束した連日大入りというのも、たがいなく果たしてもらえそうだな」

この言葉に、雪之丞はどんと胸を叩いてみせました。

「絶対に、それは適えて見せます。男に二言はござんせん」

座主は頼もしそうに雪之丞を見つめ返します。

本当に芯のある良い役者に変わった。

遊びをぴたりと辞めてから、その稽古熱は一層拍車がかかり、今日も立派に助六を演じきって見せた。

座主の信頼の眼差しがそこにはありました。

雪之丞は、座主とある約束を交わしていました。

「小屋の大入りが百を数えるまで、大看板を務めあげます」と。

今日の興行で、大入り袋は五枚になりました。

「まだまだ百には遠いですが、あっしにはやり遂げる自信がござんす」

雪之丞は自信に満ちた目でそう言い切ったのでした。

それは、あの日新たに交わした約束の為に必要なことなのでした。

どんなに苦労しても成し遂げる。強い決意が、雪之丞の瞳には宿っていました。

吉原は宵を報せる暮れ六つの太鼓に合わせ、花魁行列が目抜きを進みます。

その先頭を行くのは、より一層美しさを増した白雪大夫です。

以前は、このお練りの歩みに合わせ、銀の鈴がシャランシャランと鳴っていました。

ですが、今は白雪の帯には粗末な土の鈴が結われ、しゃなりしゃなりと歩みの足回しに合わせ、コロンコロンと可愛い音を立てています。

吉原一の太夫には似つかわしくないと誰もが思ったのですが、白雪は頑としてこの鈴を身から離さなかったのです。

白雪太夫を囲む幼い禿たちや新造たち、その姿に交じり白雪の目にだけはもう一匹、幻にも似た幽《かす》かな影となりつき従う少女の姿が見えていました。

あの遠い日に天国に旅立った姉の姿です。

土鈴が手元に戻り、毎日その音を聞いていると、お姉の姿はどんどんはっきりとしたものになっていきました。

そして、白雪はハッと思い出したのです。

自分の色違いの瞳、その片方の色は、お姉が持っていた色だったと。

そして悟りました。きっと、ゆきの中に客を引きつける魅力を与えてくれていたのが、そのお姉の瞳だったのだと。白雪の、いいえ、ゆきの優しさだけを湛えた瞳だけでは太夫の花は咲き切らぬと、お姉が貸してくれたものなのでしょう。

この土鈴が戻ってきてから、お姉はいつも一緒にいてくれました。あの日静かに息を引き取った歳格好の姿のままで。

無数の提灯に照らされて、白雪太夫はゆっくり歩みます。

美しい着物の刺繍が、ほのかな明かりに照らされ目に鮮やかです。

金箔に彩られた高下駄も、ゆっくりとした外八文字に合わせ眩く輝きます。

花魁道中は、それはそれは絢爛豪華でありました。

そして、廓に入った白雪太夫は、世話役の少女に聞きました。

「町の歌舞伎の噂を聞いたかえ」

少女は羽織を受け取りながら頷きました。

「はい太夫様、今日は山猫座の【助六】が大入りだったと聞きました。大看板は、また寝子屋雪之丞だったそうでございますよ」

「そうかえ、それはよかった」

心底嬉しそうに白雪は笑いました。

あの晩交わした約束をかなえる為、雪之丞は、いや又吉は頑張っている。

自分もきっちりその日が来るまで、太夫としてこの吉原での勤めを果たそう。

又吉と共に、誓ったのだ。だから　あちきもここで気張りましょう。

あの日以来、さらに美しく艶やかになった白雪太夫。

その微笑みと眼差しは慈愛に満ち。観た者の心を癒すと評判になり、今日も花魁道中はその姿を一目見ようと溢れるほどの賑わいを見せました。

それを終えるときりっと帯を結いなおした白雪は、仲居に先導され座敷へと進んでいきました。

今宵はかねてからお得意の大尽の一席。

他の誰にもできない舞いや唄で、必ず満足させて見せましょう。

白雪は、ますます艶やかになる笑みを満面に、コロンコロンと土鈴を鳴らして廊下を進んでいきました。


いつしか桜花爛漫の頃……。

吉原の廓の店奥に、白雪は女将に呼ばれました。

火鉢を前に座った女将と、白雪の間にそれはでんと置かれていたのです。

それは、いやでもそこに視線が向く代物でした。

女将が煙管を手にしたまま口を開きました。

「あれほどに、よそからの身請けを断り続けたお前さんが、こうもあっさり頷いて、あたしゃ心底驚いてるよ」

女将はそう言うと、ぽんと雁首を火鉢の縁で叩き、たばこの吸い滓を灰に落としました。

「今日、これが歌舞伎山猫座から届けられた。お前さんの身請け代金だ」

そう言って顎で示すのは千両箱から溢れた小判でした。

女将はそれを数枚手に取り。

「猫に小判。とは云うけど綺麗な色をしてるもんだねぇ」

「猫ばばしたくなるよ。」

一生の内、この千両箱を実際に拝める猫などそうはいません。

実際、白雪もこれを見るのは初めてでした。


「言葉にこそ、千両役者とは言われるが、真に千両稼ぐのは並みの努力じゃ出来やしない。芝居小屋に千両落ちて、役者が手にするのは五十両かそこらだそうだからねぇ。それを役者本人が、こうして千両きっちり届けさせた。お前さんは良い男に見初められたもんだねぇ」

しかし、白雪はこの言葉に首を振りました。

「いいえ、見初められたのじゃござんせん。わっちの方が心の底から好いた男猫なのでありんす」

女将が、驚いたという顔で白雪を見ました。

「あの客が店に上がったのは一度きりと聞いたよ、その一度の逢瀬で惚れたというのかえ」

白雪はにっこり笑いながら首を振った。

「心の支え、夢を持ちつづけることがあれば、辛いことでも耐えることができんした」

女将が、ほーっと関心の声を漏らしました。

「ずっと昔より、わっちはあの方を好いておったのでございんす。だから総ての身請けをお断りしてきたのでありんす」

吉原の女は義理堅いものが多いと言います。ですが、いつとも知れぬ昔から、ほれた男に操を立て続け、太夫になった娘というものを、年老いた女将は初めて見たのです。それは感心の声も漏れましょう。

女将は大きく頷くと、手文庫から二枚の紙を取り出しました。

「さあ、お前さんの證文だ。これを受け取れば、お前さんはもう自由の身だ。胸を張って大門をくぐって出られるよ。お前がちゃんと、置かれた場所で花を咲かせたから、この男もお前に巡り会えたんだね」

白雪は軽く震える手で、その紙切れを受け取りました。

たった二切れの紙切れに縛られ数多の女がこの囲いの中に暮らしているのです。

わっちは、なんという幸せものなのだろう。

白雪は、いや、ゆきは熱い思いに身が火照るのを感じました。

雪之丞の、いや又吉の思いが、自分を救ってくれた。

この奇跡を誰が信じてくれよう。誰が驚かずにいられよう。

「さあ、男は大門の外で待っているそうだよ。はやく行っておやり」

その言葉を聞くと、足の前にきっちりと巻き付けていた長い尾を畳に這わせるように解き、白雪は「女将《お母さん》さんこれが白雪の仕舞《終い》です。」

　禿の小春と新造になったばかりのかえでに目を合わせ、ゆっくりと立ち上がり舞い始めた。
　それは　太夫になるまでの生きざまを思い起こすような柔らかで力強い身のこなし。身に付けた鈴の音が金の粉に変わり天に舞い上がるような美しく幻想的な舞でした。

手に持った扇子をゆっくりと納め、今まで見たことのない穏やかなほほ笑みで一言。

「夢はうつつになりんす、きれいなお花を咲かせてくれなんし」と云うと、くるっと身を返しおもむろに着物の裾をたくし上げ、そして眼を輝かせ脱兎のごとく部屋を飛び出していったのでした。

吉原大門の門番は、この日何とも奇妙な光景を目にすることになりました。

もうずいぶん長い時間、門の外でそわそわとしている男がいるのですが、それが気になって仕方ありませんでした。

門をくぐって吉原に入るのが怖いのか、ふんぎれないのかと思えば、そうではないようで、何かを待っている様子で、手には一本の猫柳の枝を、この早春の日にふさわしいふさふさした蕾のついたその枝を片手に、ただ行ったり来たりを繰り返しているのです。

深く頬被りして顔は見えなかったのですが、その猫がひどく男前だという事にやがて門番は気が付きました。

はて、どこかで見たことがあるような。

そう思い首を傾げた時でした、門の内からコロンコロンという土鈴の音が近づいてくるのが聞こえました。

おや、この音は、この頃お練りの時に白雪太夫が腰に吊るす鈴の音ではなかったかな。

柳の葉がざわざわと音を立て始めました。

その時　突然顔をそむけ眼を覆うほどの強い春の風が砂埃を巻き上げたのです。

一瞬の後　門番が振り返り吉原の囲い内を見てみると、なんとも吉原には似つかわない、汚い野良着をまとった小さな子猫が無心に駆けてくるのが見えました。

おや、何処から来たのかこの子は。

そう思った門番が口を開こうとしたとき、門の外から声がしました。

「ゆき!」

驚いて振り返ると、先ほどまでいた男前の猫の代わりに、やはり薄汚れた野良着をまとった子猫が立っていました。

ただ、その手には先程の男が持っていたのと同じ猫柳の枝が握られていました。

これはいったいどうしたことなのでしょう。

門番は、大きく首を傾げました。

「又吉さん!」

門の中から駆けてきた少女も大声で叫び、いきなり門番に向け二枚の紙切れを示しました。

「身請けです、これより門を抜けます」

「え……」

なるほど、一瞬だが目の前を駆け抜けた子猫の手にあったのは證文です。

だが、子猫の身請けとはいったい？

何が何だか分からない門番はただ目を白黒させるばかりでした。

たがいに駆け寄った二匹の子猫は、その場で手を取り合いもう一度互いの名を呼びあいました。


「ゆき！」

「又吉さん！」

見つめ会うふたり。

次の瞬間、また強い風が吹き抜けると二匹の子猫の姿はその場から、ぱっと掻き消えていきました。

門番は、驚き目を剥きました。

いったい、今起きたのは何事だったのだろう。

呆然とする門番の鼻に、名は知らぬ花の香りが一瞬だけ突き抜けていきました。

門番がもう一度目をごしごしとこすり、地面を見ると、そこにはみすぼらしい、古びた一個の土鈴が落ちていました。

門番が近づき、その土鈴に手を触れると、それはボロっと言う感じで崩れ、ただの土くれにかえってしまいました。

門番の耳には、幼い女猫の声でかすかにこんな言葉が聞こえました。

「もう、わたしはいらないでしょ……」

大川端から桜の花びらが吹いてくる。

そんな日の出来事でした。

そして春を重ね　新造であったかえでは花魁になっておりました。部屋の花瓶には春を告げる椿の花とふわふわの花穂をつけた猫柳が生けられていました。

コロンと土鈴の音が聞こえたように思い振り返り　花瓶の猫柳を見つめ、かえでは呟きました。
「何処にいるのかわかりませぬが、姉さまはそこで綺麗なお花を咲かせたのでありましょうな。あちきも必ずや花を咲かせてみせんす」

時を同じくし、満開の桜の木の下にもつれるように無邪気に駆け回る子猫達の姿。そしてそれを眩しそうに見つめる母猫の眼は双色に輝きます。寄り添う父親猫の手には、たわわな花穂をつけた猫柳の枝がにぎられていました。

どこかで咲いている猫柳のように

猫柳（ネコヤナギ）の花言葉には「自由」「努力が報われる」「思いのまま」といった意味がございます。

枝ぶりも美しく、その艶やかな絹毛をまとったような花穂は愛らしいふわふわの猫の尻尾のようです。方向を指し示すように穂先は必ず北を向き咲き、花瓶に生けた枝から根が出てくるほど生命力が強い樹木です。

幼き頃、免れ得ない理由で自由を奪われた〝ゆき〟。

しかし様々な困難を乗り越え努力し置かれた場所で見事に花を咲かせました。

太夫となったゆきの花を例えると美しい大輪の芍薬や牡丹の様な花がふさわしいのかも知れません。

しかしつらく寒い冬を乗り越え、春を告げる様に空に向かって枝を伸ばし芽吹かせるしなやかで生命力の強いこの花こそ〝ゆき〟の生き様の様だと私は思います。

そして同じく口減らしの為に奉公に出された又吉。放蕩生活もありましたが、芸を磨き努力をし、ゆきに本当の幸せと「自由」を与えました。

又吉もまた、美しい花を咲かせたのです。

二匹の猫は出会うべくして出会ったまるで猫柳の雌株と雄株の様に思えます。

そしてお姉の土鈴と猫柳は二匹の心の中の道しるべでした。

そののち、自由を手に入れた二匹は思いのままに空にむかって枝を広げ、たくさんの花穂をつける猫柳のように強く生きた事でしょう。

暖かなきらきらとした光が二匹に降り注いだに違いないと思います。

お読み下さった方々に清々しい気持ちとその後の二匹の幸せを祈って頂けたらと思います。

春は桃や桜の綺麗な樹木が人気ですが、どこかで咲いている猫柳を見つけたらゆきと又吉の物語をどうぞ思い出して下さい。

中倉　美樹

あとがき

　このお話は、今横で寝そべっている猫のうり吉に出会ったことから始まります。猫写真家板東寛司さまから陶器の招き猫をデザインする縁を頂き、宝石の似合う和の世界、そして花魁招き猫としての発想から磁器として製作される基礎デザインが出来上がった時、白雪太夫と云う名前が浮かび、そして彼女の立体イメージだけでなく彼女の生まれ、生き方まで想像できるようになりました。

　動物としての人間、猫目線の人間が交錯する中、俳句まで詠む猫に。

「あでやかや　のらをわすれる　絹のおと」は彼女が私の前で語りかけるように詠み聞かせてくれた様に自然浮かんできた句です。

　今では４匹の猫家族になった彼らの鋭い感覚やしなやかな身のこなし、すべての仕草に何を考えているのだろうか。それぞれの猫たちが違う個性で小さな我が家で生きていく姿はこの白雪太夫の中で、大きな創造へと繋がってゆきました。

　長年「ジュエリーはアートではない、ジュエリーをまとった女性。それこそがアートだ」をモットーに宝飾デザインの世界に携わって来ました。

　私にとって白雪が突然違う場所に置かれ、花を咲かして行く姿は、私の元から離れ、ご縁の繋がった人の元で輝いてくれているだろうか。私が携わったジュエリー達への思いに似たように感じることもありました。

この白雪が瀬戸市の窯元から私の所へ届いた時に白無垢を着た、まことに綺麗な招き猫でした。彼女に一つ一つ金の簪や髪飾りを挿していくごとに白雪の輝きが増していくように感じ、最後に煙管を待たせた時には、私を見つめる姿は絵も言われない美しさ凛々しさの花魁になっていました。

深夜のスタジオで一人、陶器の白雪太夫に魅了される時間の中自分に気がついたとき、新たな願いが生まれてきました。幸せな人（猫）生でいて欲しい。

そこには以前デザインした酔って踊る猫「雪之丞」がいました。

「あんた達　幼なじみなの？」そうなの。「そうだったのか。だったら幸せになろうよ」と深夜の独り言。

この話を本にする事に快く対応して下さったアトリエサード様、時代考証や花魁の新たな展開にまでご尽力下さった橋本純様。

今回白雪が陶磁器になり百段階段の一角を飾り出版に至るまでのチャンスを頂いた板東寛司様、荒川千尋様。大変な仕事を引き受けてくれた瀬戸市中外陶園の皆様。この物語に心温まる感想を頂いた、俳優京本政樹様。心から感謝いたします。

我が家の猫たち世界中の猫たちの幸せを願いながら。

ジュエリーデザイナー　せきかず

参考文献

『置かれた場所で咲きなさい』渡辺和子（幻冬舎）

イラストギャラリー

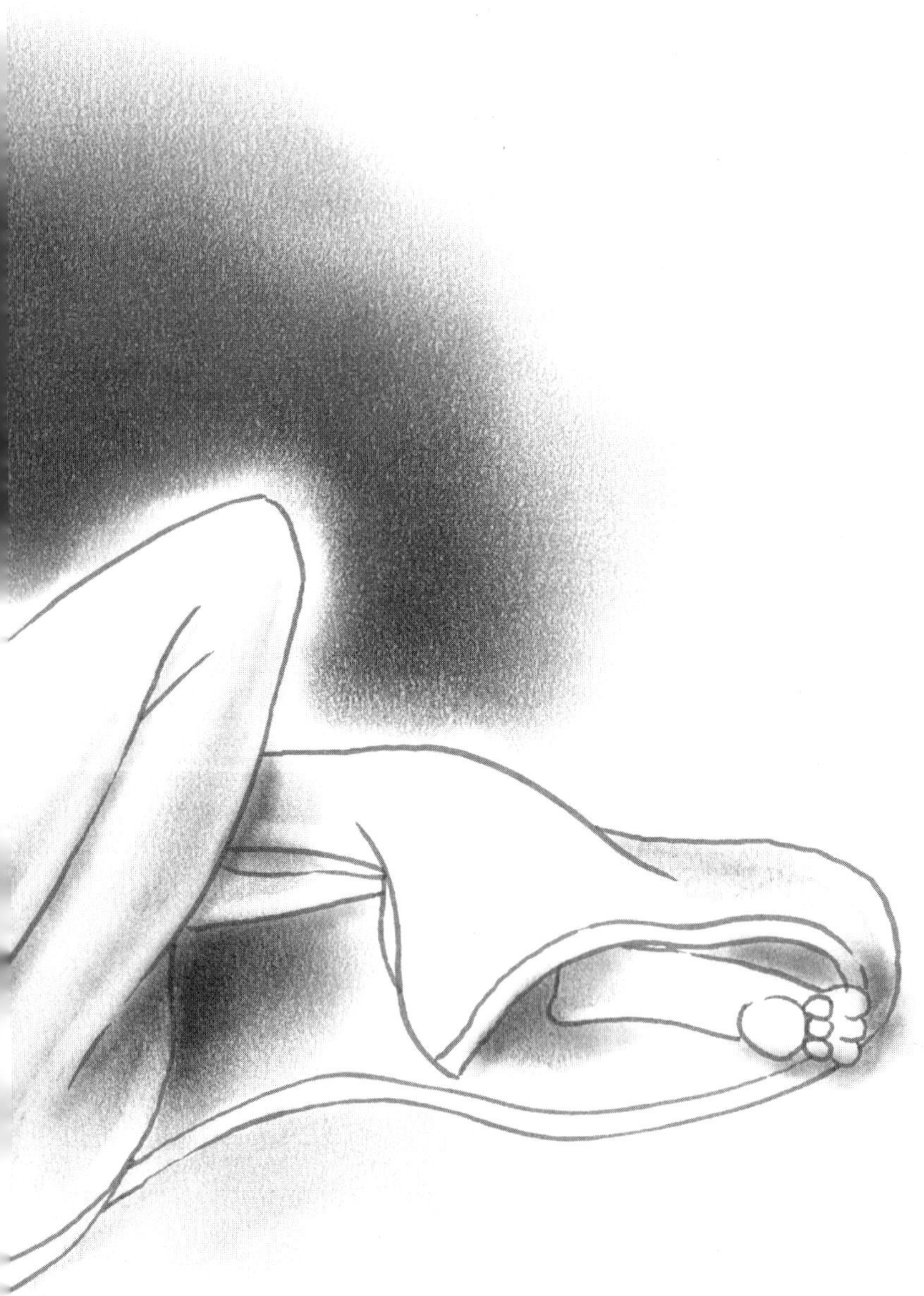

せきかずの独り言！　白雪太夫が出来るまで。

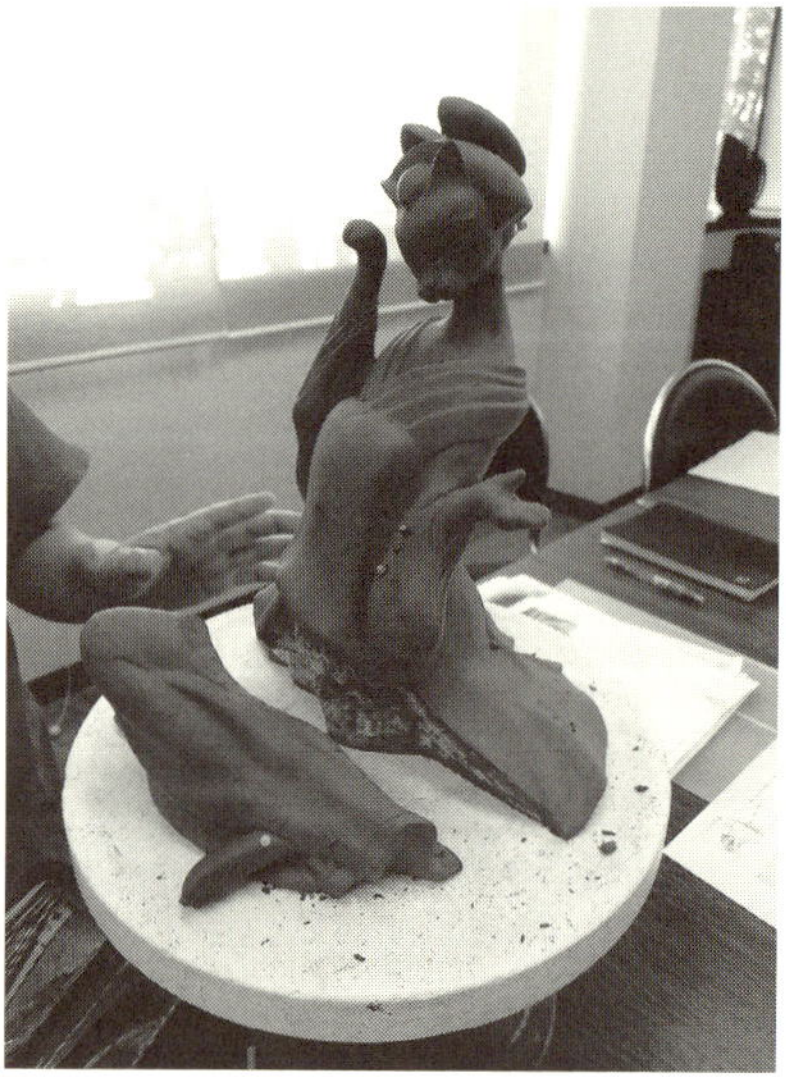

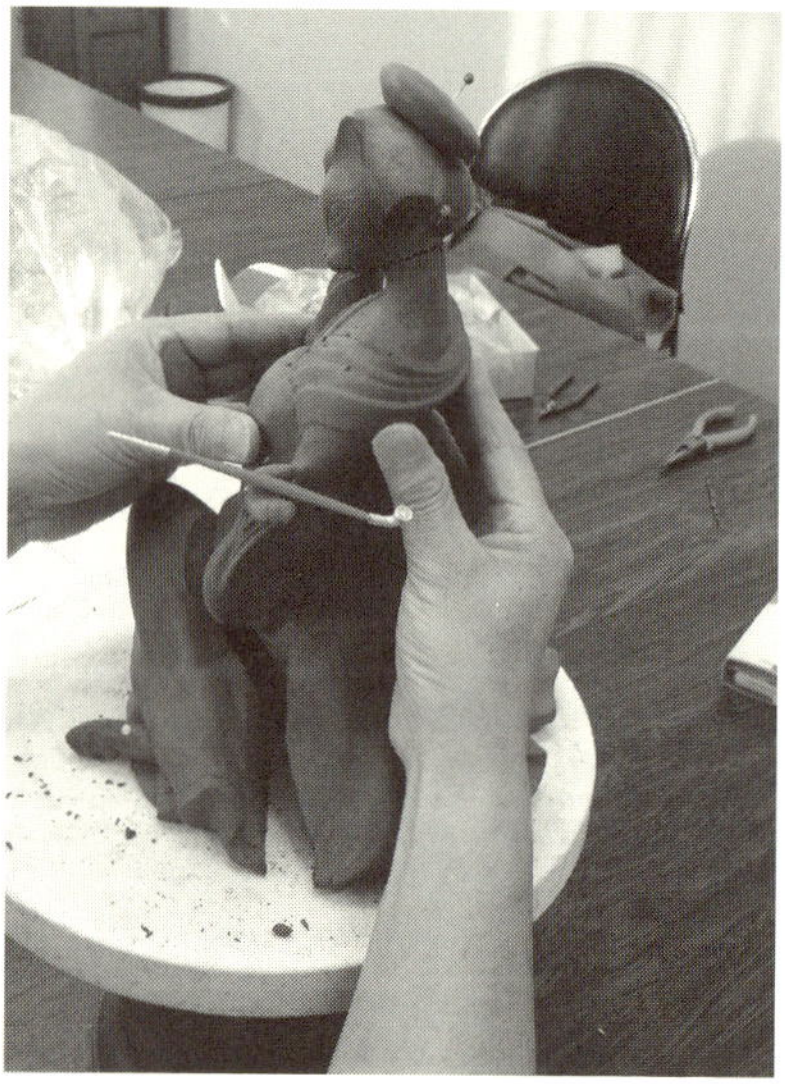

粘土で原型製作
その過程で幾つかのパーツに分かれるようにします。

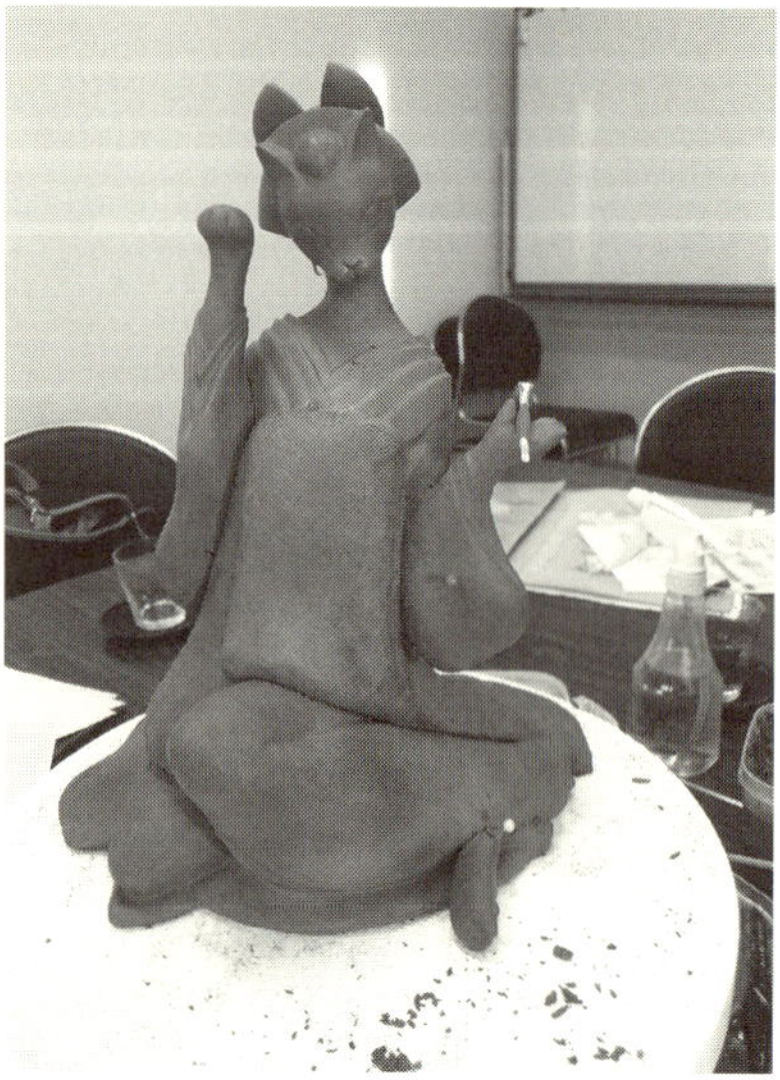

腰の曲線は色々な角度からチェックしました。

かんざしの位置は念入りにチェックします。

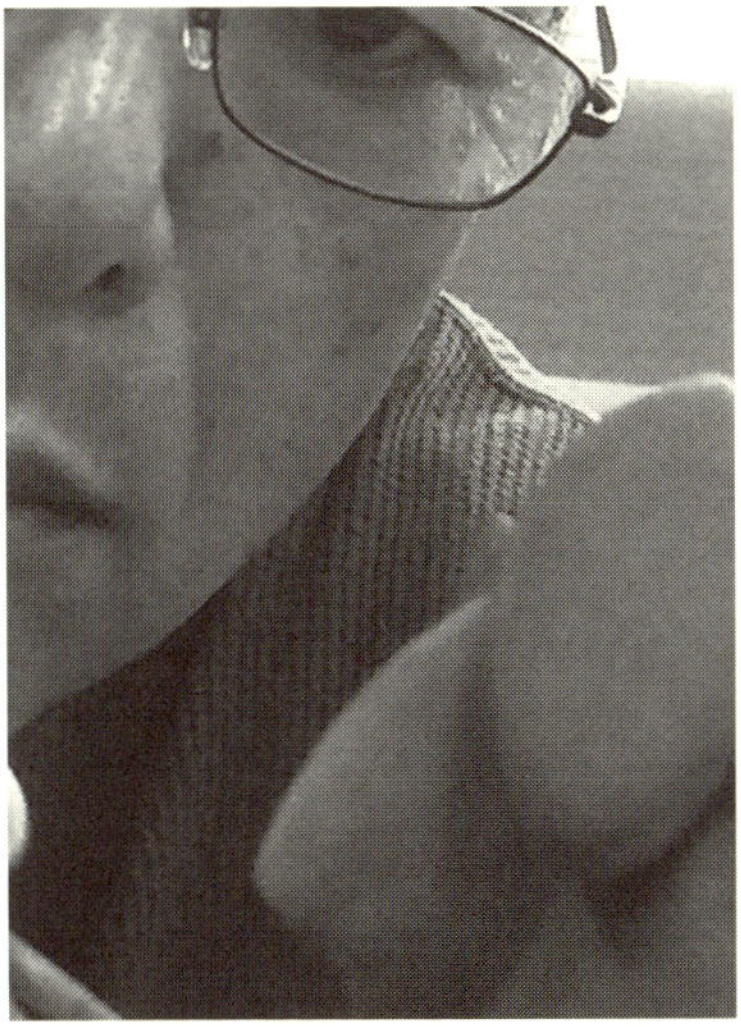

細かいリクエストに、職人さんも真剣な眼で目を。

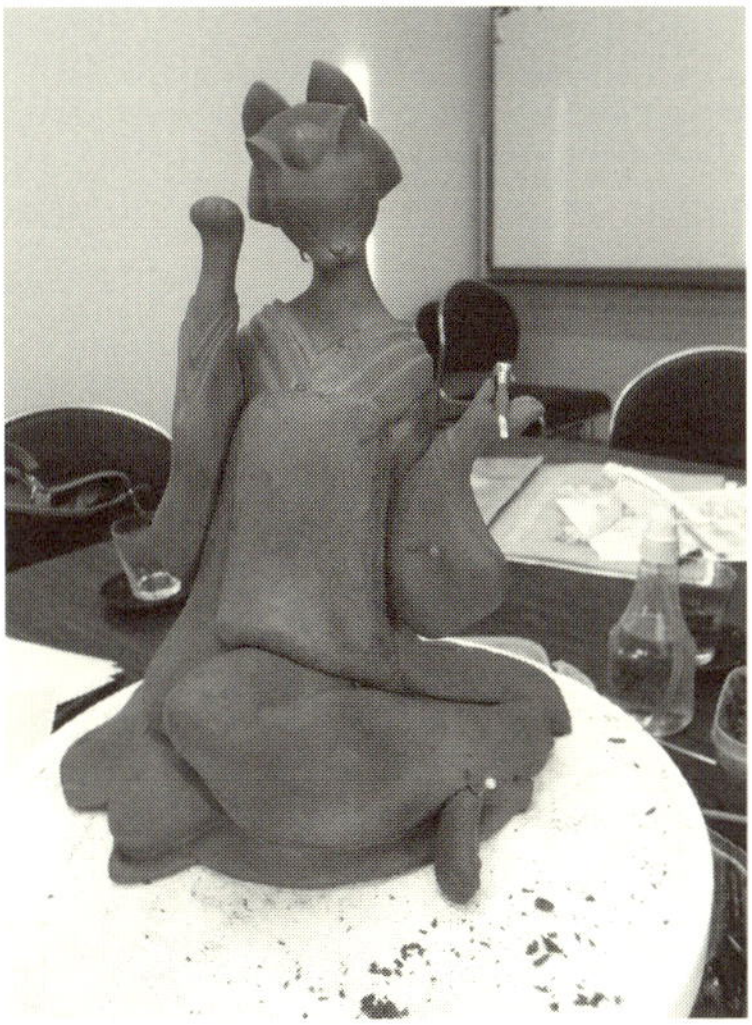

目の位置、角度は何度もやり直しでした。

上から それぞれのパーツを型取りします。

白雪太夫は７パーツ。これから焼き上げです。

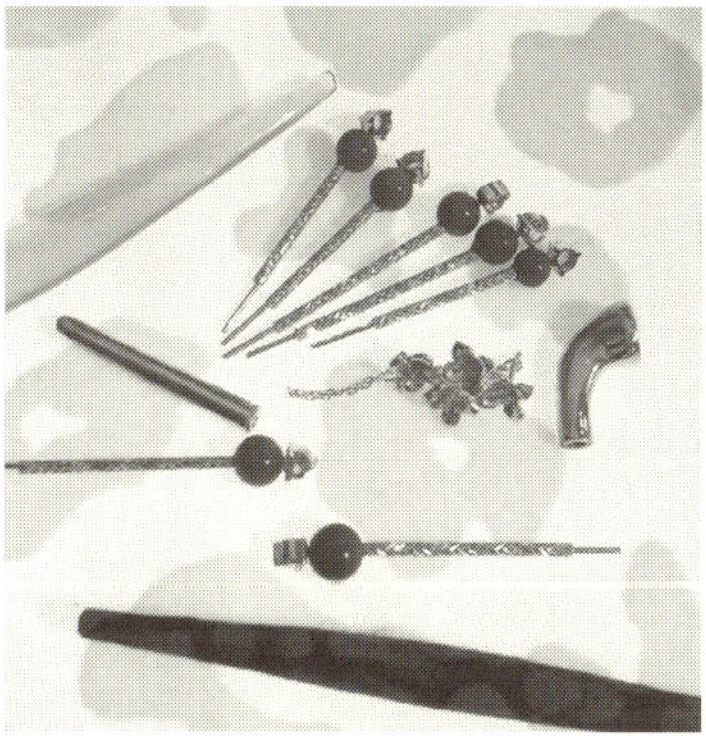

K18製、ピンクサファイアと珊瑚、そしてべっ甲のかんざしを１本１本飾って行きました。

煙管を持った白雪太夫！
たくさんの職人さん、スタッフの皆様、ありがとうございました。

せきかず Sekikazu

ジュエリーデザイナー

1983　GIA GG(米国宝石学会宝石鑑定鑑別士)
　　　米国イナモリジュエリーデザインコンテスト 第3位受賞
1984　米国シューツデザインコンテスト グランプリ受賞
1985　現代デザインコンテスト 2年連続受賞
1990　オーストラリア ジェムストラリア社の依頼により「ル・オーラ」ブランドをデザイン
1991　シンガポール セレクタジュエリー社の依頼によりオリジナルジュエリーをデザイン
1993　ラザール・キャプラン社のオリジナルブランド「キャプランbyせきかず」を発表
1999　中国PGIの依頼により上海でデザインセミナーを開催
2003　日本文化振興会、国際芸術文化賞受賞
2005　米国GIA宝飾博物館の永久保存作品になる
2006　豹柄ジュエリー Partina<パルティーナ>発表
2011　2k540に豹柄猫柄専門店「パルティーナ」ショップを開店
現在 国際ジュエリーデザイナー協会会員
〈ジュエリー監修〉
2010~ ドラマ「エゴイスト」フジテレビ系列各社
2011~ 連続ドラマ「娼婦と淑女」ジュエリー制作、監修
大の猫好きでアメリカンショートヘアーのうり吉ファミリー4匹と暮らす。
若手猫アーティストを集めた企画展「にゃんクリエーターズ」プロデュースも手がける。
https://www.sekikazu.com

TH Literature Series

花魁《おいらん》猫《ねこ》 ―白雪太夫物語―

著　者　せきかず　　概念設計（コンセプトデザイン）　中倉美樹
挿　絵　のしろまゆみ　　小説創作指導　橋本 純
　書　　三浦和恵

立体作品／デザイン：せきかず、本体制作：中外陶園
表紙側写真：板東寛司、荒川千尋　　裏表紙側写真：小笠原勝
協力：うり吉、ルナ、夜叉丸、茶々

発行日　2019年5月12日

発行人　鈴木孝
発　行　有限会社アトリエサード
　　東京都豊島区南大塚1-33-1 〒170-0005
　　TEL.03-6304-1638 FAX.03-3946-3778
　　http://www.a-third.com/　th@a-third.com
　　振替口座／00160-8-728019
発　売　株式会社書苑新社
印　刷　株式会社平河工業社
定　価　本体1800円＋税
ISBN978-4-88375-351-2 C0093 ¥1800E

www.a-third.com